ষড়রিপু

শুভম গুচ্ছাইত

Made with ♥ on the Notion Press Platform
www.notionpress.com

আমার পিতা স্বর্গীয় শ্রী রাজেন কুমার গুচ্ছাইতের স্মৃতির উদ্দেশ্যে এই বই উৎসর্গ করলাম।

বিষয়বস্তু

অনুক্রমণী

ভূমিকা

শ্রী অরুন কুমার গাঙ্গুলি অতিসয় সজ্জন ব্যক্তি হওয়া সত্তেও তিনি ভালোবেসে ফেলেন কামিনী কে। যার বাস্তবে কোনও অস্তিত্বই নেই, যার রুপ নেই, যার রক্ত মাংসের দেহ নেই। আদপে এই অসম প্রেম কি তার বাস্তবতা খুজে পাবে? নাকি কামিনী এখনো অপেক্ষা করে আছে অন্য কিছুর জন্য। প্রথম পার্টে কেবল কামিনীর কথাই উল্লেখ আছে, কিন্তু তার ভুত বা অতীতের কোনও কথাই জানা নেই। তাই এই পর্বে কামিনীর জন্ম আমরা জানতে পারবো। আর জানতে পারবো কামিনী কিভাবে দীর্ঘ প্রায় ২০ বছরের চেপে রাখা প্রতিশোধের আগুন কে জ্বালিয়ে শেষ করে দিল মানুষের মধ্যে তৈরি হওয়া ষড়রিপু কে।

কাম, ক্রোধ, লোভ, মদ, মোহ, মাৎসর্য এই ছয়টি রিপু কিভাবে একজন সাধারন মানুষকে অতলে তলিয়ে নিয়ে যেতে পারে, তার ই উদাহরন এই গল্পে বর্ণিত হয়েছে।

এখন এটাই দেখার পাঠক কুল কিভাবে এই গল্পটিকে গ্রহন করে? কেবল ভৌতিক গল্প হিসেবে নাকি একটি সামাজিক বার্তা হিসেবে?

স্বীকার

এই গল্প লেখার পিছনে মৌলী বিশ্বাস এর সাহায্য সত্যি অনস্বীকার্য। এই কথা অস্বীকার করা যায় না। ধন্যবাদ সেই সব বন্ধুদের ও, এই গল্প লেখার সময় যাদের কে আমি পাশে পেয়েছি।

1

ষড়রিপু প্রথম পর্ব

ফের যে আমায় ভুতের গল্প লিখতে বসতে হবে তা ভাবিনি। আসলে কামিনীর ওই ভয়াবহ ব্যাপার হওয়ার পরেই ঠিক করে নিয়েছিলাম, ভুতের গল্প আর নয়, এবার কিছু ভালোবাসার হোক। কিন্তু নিয়তি,, নিয়তি কে কি কেউ আটকাতে পারে??।
নিয়তি এমনি একটা জিনিস যা কেউ ঘটার ঠিক আগের মুহূর্তে বুঝতে পারে অথবা হওয়ার পরে। আমার ক্ষেত্রেও ঠিক তাই হয়। আমি একটু হলেও আন্দাজ করতে পেরেছিলাম, কিন্তু ব্যাপারটা যে এতদূর গড়াবে তা ঠাহর করতে পারিনি।

তাই আজ কলম ধরলাম, নিজের ফের অভিজ্ঞতার কথা বলবো।
সত্যি এমন এমন সময় আসে যা মানুষের বাঁক সম্পূর্ণ রূপে ঘুরিয়ে দেয়।

হাসপাতালে সুস্থ হওয়ার পর হরি আমায় ঘরে নিয়ে এলো। প্রায় ৪ দিন পর অফিসে যোগ দিলাম। ইতিমধ্যেই ছুটি অতিক্রান্ত হয়ে গেছে। অফিসের মধ্যে ও যে আমার কথা ছড়িয়ে পড়েছে, তা আমি অফিস গিয়েই টের পেলাম।
বিনোদ আর নিখিলেশ এগিয়ে এসে জিজ্ঞেস করলো " কিরে কেমন আছিস? সব শুনলাম হরির থেকে। এতো সাংঘাতিক ব্যাপার ঘটিয়ে এসেছিস।"

আমি হেসে বললাম " হা ওই আর কি, সাংঘাতিক বটে। তবে হ্যাঁ, ভুতের সম্পর্কে ভুল ধারণা একটু হলেও মিটেছে।"

বিনোদ বললো " ভুল ধারণা?? কেমন সেটা??"
" এই যে লোকে বলে ভুত বাজে। ধরলেই মেরে ফেলে বা ঘাড় মটকে দেয়, তা কিন্তু নয়। হয়তো অনেক ভুত আছে যারা কিছু বলতে চায়। আর সেটাকেই মানুষ অন্য কিছু ভেবে ফেলে"।

নিখিলেশ হেসে ওঠে। আসলে ও এইসব কিছু বিশ্বাসই করতে চায়না। ওর বদ্ধমুল ধারণা এই যে আমরা, মানে আমি আর হরি নিছক একটা গল্প বেশ বেশ বানিয়ে বানিয়ে বলছি। আর ওই হাসপাতালে যাওয়ার ব্যাপারে টা হয়তো সত্যি, কারণ ওর ধারণা আমি কোনো এক অসুখে পড়ে হাসপাতালে ভর্তি হই। এখানে ভুতের কোনো ভূমিকা নেই।

আমি সেই কথায় কর্ণ পাত করিনা। কারণ যা ঘটেছে তা তো আমার সাথেই ঘটেছে। আমি তার তীব্রতা জানি। উফফ এখনো মাঝে মাঝে চোখ বন্ধ করলে সেই আওয়াজ শুনতে পাই, সেই বিভৎস রূপ দেখতে পাই।

জানিনা কবে কিভাবে মন থেকে সম্পূর্ণ মুছবে। কিন্তু হায় অদৃষ্ট, আমি তখনও জানিনা, আমার নিয়তি আমার জন্য কি রেখেছে?

আমার মন কেন জানিনা কোনো এক অদৃশ্য অলৌকিক ঘটনা হবে বলে ভয়ে ভীত হয়ে আছে। আমি বোঝানোর চেষ্টা করলাম। কিন্তু না, কিছুতেই মন থেকে ভয় যাচ্ছে না। কিন্তু কারণটা কি?? আমি বুঝতে পারলাম না।

একটা ব্যাপার আমি হাসপাতাল থেকে ফেরার পর থেকেই লক্ষ্য করছিলাম। তবে ওতোটা গুরুত্ব দিনি। আমি জানি অন্য কেউ ও দেবে না।

ঘাটশিলা থেকে ফেরার পর থেকেই হরি কেমন জানি বদলে গেছে।
মানে, আগে ও মাঝে মাঝে কিছু জিনিস ভুলে যেত, বা আজকের কাজ কাল করতো, যেমন খাওয়ার পর বাসন আজ না মেজে কাল মাজতো, আমি বহু বার বলার পরেও শুনতো না। আর ঘর গুছিয়ে রাখতো বটে তবে পরিপাটি করে নয়।

কিন্তু আশ্চর্যের বিষয় ঘাটশিলা থেকে ফেরার পর আমি এক অন্য হরিকে আবিষ্কার করলাম।
দিনের কাজ দিনেই শেষ করতো। আর ঘর ও বেশ পরিপাটি করে গুছিয়ে রাখতো। হরির এ হেন উন্নতি আমার বেশ লাগলেও মনে মনে একটা অদ্ভুত ভয় ও কাজ করছিল। হরি কি সত্যি বদলে গেছে?? নাকি অন্য কিছু??

এইসব ভুল ভাল চিন্তা মাথা থেকে ঝেড়ে ফেলে ফের কাজে মন দিলাম। এই ভাবেই কেটে যায় প্রায় ১ মাস। ছোট খাটো জিনিস চোখে পড়লেও আমি তেমন গুরুত্ব দিলাম না।

আমি জানি এই সব জিনিস নিয়ে বেশি ভাবলে অকারণে অনেক রকম ভয় মনের মধ্যে ঢুকে যাবে, তখন সেখান থেকে রেহাই পাওয়া ভীষণ মুস্কিল। তাই আমি দেখেও দেখতাম না।

কিন্তু আমি যতই এড়িয়ে যাই না কেন যা হওয়ার তা তো হবেই, না আমি, না তুমি কেউই সেটাকে পরিবর্তন করতে পারব না।

নোট বন্দীর কারনে আমাদের উপর কাজের চাপ খুব বেশি মাত্রায় বেড়ে গেছিল। ৭,৮ ঘন্টার কাজ দাড়িয়ে গেছিল প্রায় ৯ থেকে ১০ ঘন্টায়। এত চাপে সত্যি বলতে মেজাজ খিটখিটে হয়ে থাকতো।

এমনি একদিন মেজাজ খারাপ ছিল। আমার বাড়ি ঢুকতে প্রায় রাত ১০ টা হয়ে গেছিল। ঘরে ঢুকে রোজকার মতন হাত পা ধুয়ে সোফায় এসে বসতে হরি এলো এক গ্লাস জল নিয়ে।

আমি এক চুমুকে সমস্ত জল খেয়ে জিজ্ঞেস করলাম " হরি আজ কি রান্না করেছিস??"
হরি হেসে বলল " ওই তো পটল আলুর তরকারি"।

হঠাৎ কেন জানি না আমার মাথা প্রচুর গরম হয়ে গেল, চেঁচিয়ে উঠলাম হরির উপর। হরি আমার এমন আচমকা অদ্ভুত ব্যবহারে কিছুই না বুঝতে পেরে ভ্যাবলার মতন দাড়িয়ে রইল।
স্বাভাবিক ভাবেই হরি নিজের দোষ অনুসন্ধান করেও খুজে পেল না যে সে কি এমন অপরাধ করে ফেলেছে?

আমি আর ওখানে না দাড়িয়ে সোজা চলে গেলাম ঘরে, তারপর দড়াম করে দরজা বন্ধ করে দিলাম। হরি অনেক করে ডাকলেও আমি তার ডাকে সাড়া দিলাম না।

রাত ১১ টা বাজল। হরি শেষ বারের মতন এলো আমায় ডাকতে। কিন্তু সফল না হয়ে, ও চলে গেল নিজের ঘরে। আর যাওয়ার সময় বলে গেল " দাদা বাবু, রাগ কমলে খেয়ে নিও"।

আমার মাথার রাগ তখন একটু হলেও কমেছে, কিন্তু কি কারনে আমি হরি কে এত বকলাম নিজেও জানি না।
১১.৪০ আমি ঘর থেকে বেরিয়ে খাওয়ার টেবিলে গিয়ে দেখি খাবার চাপা দেওয়া। খুব

খিদেও পেয়েছে, তাই সময় নষ্ট না করে খেয়ে নিলাম। খেতে খেতে হরির কথা মনে হতেই তার জন্য খুব খারাপ লাগছিল,

বেচারা কে বিনা দোষে অনেক কিছুই বলে ফেললাম। ঠিকই, কাজের রাগ, ঘরে দেখানো ঠিক হয়নি। তাই ভাবলাম একবার যাই, গিয়ে বলি। কিন্তু তারপর ভাবলাম, থাক ও ঘুমিয়ে পড়েছে, কাল বলা যাবে কথা।

রাত ১২টা। আমি খাওয়া শেষ করে বিছানায় এসে শুয়েছি। সকাল থেকে রাত অবধি ধকল শরীর নিতে পারেনি, আর তাই জন্য প্রচুর ক্লান্তি জমে এলো আমার চোখে, শোয়ার মিনিট ৫এর মধ্যেই গভীর ঘুমে চলে গেলাম।

ঘুমের মধ্যেই হঠাৎ কেন জানি না মনে হল, কেউ আমার ঠিক পাশেই শুয়ে আছে, তার গরম নিশ্বাস আমার ঘাড়ের উপর। আমি বুঝতে পারলাম না, এটা আমার স্বপ্ন নাকি বাস্তব। এদিকে চোখ খুলে তাকানোর মতন ও শক্তি নেই।

কিছুক্ষণ পর বুঝতে পারলাম, সেই নিশ্বাস আসতে আসতে ঘাড় থেকে এবার আমার মুখের উপর এসে পড়ছে, আর তার সাথে একটা আলগা ঠাণ্ডা হাতের স্পর্শ অনুভব করলাম আমার বাম গালে। ঘুমের মধ্যেই আমি চমকে উঠলাম......।।

2
দ্বিতীয় পর্ব

মনে মনে বার বার বলছিলাম,এটা আমার মনের ভুল। এটা কখনো হয় না, হতে পারে না। কিন্তু নিশ্বাস টা যে অনবরত পড়েই যাচ্ছে।
মনে সাহস এনে ধরমড়িয়ে উঠে বসলাম। সঙ্গে সঙ্গে বালিশের পাশে থাকা টর্চ জ্বালিয়ে এদিক ওদিক দেখলাম, কিন্তু কই?? কেউ তো নেই। না চারিদিকে ভালো করে তাকিয়ে দেখলাম, বিছানা থেকে নেমে খুঁজে দেখলাম। নাহ,, কাউকেই দেখতে পেলাম না। তবে কি সত্যি মনের ভুল ছিল??
এত টা ভুল?? কি জানি? হবে হয়তো। এত ধকলের পর হয়তো আমিই ভুল করেছি, হয়তো স্বপ্নই দেখেছি।

নিজের দিকে তাকিয়ে দেখলাম পরনের গেঞ্জিটা ঘামে ভিজে গেছে। গেঞ্জিটা খুলে জল খেয়ে ফের বিছানায় শুলাম। কিন্তু ঘুম এলো না। নানা রকম চিন্তা মাথার মধ্যে ঘুর পাক খাচ্ছিল। অনেকক্ষন ধরে এপাশ ওপাশ করলাম, কিন্তু ঘুম কিছুতেই এলো না। কি করবো কিছু বুঝে উঠতে পারলাম না। তাই ভাবলাম যাই একটু বাইরে সোফায় বসে একটা সিগারেট খাই। সিগারেট খেলে যদি ঘুম পায়।
আমি সিগারেট সচরাচর খাইনা, তবে খুব টেনশন বা এমন ঘুম না এলে খেতে বাধ্য হই।
দরজা খুলে বাইরে এলাম। লাইট বন্ধ তাই ,চারিদিক ঘুটঘুটে অন্ধকার। হাতের টর্চ জেলে বসলাম সোফায়, তারপর দেশলাই জ্বালিয়ে সিগারেট ধরলাম।
একটা টান মারতে যাবো এমন সময় একটা হাসির শব্দ ভেসে এলো কানে। খুব আস্তে, ক্ষীণ। বুঝতে পারছিলাম না কোথা থেকে ভেসে আসছে। আমি আরো কিছুক্ষন অপেক্ষা করলাম।
ভালো করে কান পেতে রইলাম, কিন্তু না, মিনিট ৩ পরে আর কিছু শব্দ শুনতে পেলাম না। উফফ কি যে হচ্ছে, এতবার ভুল হচ্ছে আমার?? এত??।

"ধুত" বলে আমি সোফায় গা এলিয়ে দিলাম। তারপর কখন যে ঘুমিয়ে পড়েছি জানিই না।

তারপর হঠাৎ ঠেলাতে ঘুম ভেঙে গেল। তাকিয়ে দেখি সামনে হরি, চায়ের কাপ নিয়ে। আমি উঠে বসলাম। চোখ কচলে দেখলাম সকাল হয়ে গেছে। তার মানে আমি কাল সারারাত এখানে সোফায় ঘুমিয়েছি??

হরি প্রশ্ন করলো " দাদা বাবু তুমি এখানে?? ঘরে ঘুমাও নি কেন??"
আমি বললাম " ঘুম আসছিল না তাই, যাক গে। কাল তোকে রাগের মাথায় অনেক বকে দিয়েছি। দে চা টা"।
হরি হেসে বললো " আমি জানি দাদা বাবু তোমার কাজের অনেক চাপ এখন, তাই তোমার মাথা ঠিক নেই। আমি কিছু ভাবিনি"।

আমি আলগা হেসে মাথা নাড়লাম, জিজ্ঞেস করলাম " আজ দুপুরে কি রান্না করবি??"
হরি বলল " দাদাবাবু, আজ কচি পাঠার ঝোল"।
আরে বাহ এই তো, মনের মতন খাবার। যাক অনেকদিন পর আজ কচি পাঠা। বেশ তৃপ্তি তে খেতেও পারবো। আজ রবিবার বলে একটু বাঁচোয়া।

দুপুরে পেট ভরে তৃপ্তি করে খেয়ে বিছানায় শুয়ে পড়লাম। আহ দুপুরের ঘুমটাও বেশ হলো। ঘুম থেকে উঠে মন আর শরীরটা বেশ ফুরফুরে লাগছে।

বিকেল বেলার দিকে বেরোলাম বিনোদের বাড়ি,সকালে ফোন করেছিল, আজ নাকি আসর বসবে। তবে কিসের আসর সে বিষয় কিছুই খোলসা করে বলেনি বিনোদ। কেবল এটা বলেছিল সব বন্ধুরাই নাকি আসছে, তাই আমার আসা চাইই চাই। আমি হেসে বলেছিলাম " বেশ"। আমার বন্ধু বলতে ওই লিখিলেশ, বিনোদ আর অভিষেক।

আড্ডার আসরে গিয়ে পৌঁছতে দেখি সে আরেক কান্ড, আড্ডায় আজ সূরার ব্যবস্থা করা হয়েছে।
আমায় আসতে দেখে বিনোদ বলে উঠলো " আরে লেখক মশাই, স্বাগতম। আসো আসো।"
আমি গিয়ে একটা চেয়ারে বসে জিজ্ঞেস করলাম " কি ব্যাপার?? আজ হঠাৎ মদ??"

নিখিলেশ বললো " আরে অনেক দিন হয়নি তাই।। আর তার উপর বিনোদের বউ বাড়ি নেই, এমন স্বর্ণ ময় সুযোগ কি কেউ ছাড়ে হে??"

আমি হেসে বললাম " হক কথাই।।"
বিকেল থেকে রাত ৯ টা অবধি চললো, তাস, মদ আর মাংস। আমি অবশ্য মদ খাইনা। তাই আমার জন্য খালি মাংস।
তাস খেলার সময় হঠাৎ অভিষেক প্রশ্ন করলো " হ্যাঁ রে কামিনী কি এখনো বেঁচে আছে??"
আমি ওর প্রশ্ন শুনে রীতিমতো হকচকিয়ে গেছিলাম। কি সব বলছে ?? বুঝতে পারলাম মদের নেশা ভালোই চড়েছে। আমি কিছু বললাম না।

ফের প্রশ্ন করলো " ওই অরুণ,,, বলছি কামিনী কি রোজ রাতে তোর কাছে আসে?? আদর করে বুঝি??
এমন প্রশ্ন শুনে সবাই হো হো করে হেসে উঠলো। আমার মাথা গরম হয়ে গেল, এ কেমন ধরণের প্রশ্ন?? যে মারা গেছে তাকে নিয়ে এমন আলোচনা আমার একদম ভালোলাগে না।

আমি ওদের বারণ করতে যাবো, কিন্তু ওরা আমার কোনো কথাই গ্রাহ্য করলো না, নিজেদের মধ্যে নোংরা থেকে অতি নোংরা কথা বলতে শুরু করলো।

ঠিক এমন সময় আমার পাশে, একদম পাশে কারোর উপস্থিতি অনুভব করলাম। মনে হলে আমার পেছনে কেউ আমার অজান্তেই এসে দাঁড়িয়েছে। আমি মুখ ঘোরালাম, কেউ নেই।

তারপর আচমকাই লাইট অফ হয়ে গেল। এই ঠান্ডার সময় কারেন্ট তো বিশেষ যায়না। তার উপর এটা কলকাতা। ব্যাপার খানা কি হলো, সেটা দেখবার জন্য যেই আমি চেয়ার ছেড়ে উঠেছি ওমনি, ঠিক আমার সামনে থেকে একটা জোরে চিৎকার, ওটাকে আর্তনাদ বলাই ভালো হবে, শুনতে পেলাম।
তারপর বিনোদ আর নিখিলেশের গলার স্বর এক সাথে বলে উঠলো " অভিষেক,,?? অভিষেক?? কিরে কি হলো??"

আচমকা যেমন লাইট অফ হয়েছিল, ঠিক তেমনি আচমকা লাইট ফিরেও এলো।

আলো জলতেই যে দৃশ্য আমি আমার চোখের সামনে দেখলাম, তাতে আমার শিরদাঁড়া দিয়ে ঠান্ডা কনকনে রক্তের স্রোত বয়ে গেল।। আমার চোখ বিস্ফারিত। হৃদপিন্ড মনে হর্তে লাগলো বুক চিরে সমস্ত নাড়িভুঁড়ি ছিঁড়ে একদম বাইরে বেরিয়ে আসবে। আমি টাল

সামলাতে পারছিনা।

ওদিকে বিনোদ আর নিখিলেশের অবস্থাও একই। ওদের চোখ গুলো দেখে মনে হচ্ছিলো এখুনি তা বেরিয়ে আসবে, এতটাই বিস্ময়ে বিস্ফারিত।
আমি টলতে টলতে পাশে থাকা চেয়ার টা ধরে কোনো রকমে সামলালাম।
ওদিকে বিনোদ আর অখিলেশের মর্মান্তিক আর্তনাদ।।
আমার জ্ঞান বুঝি এইবার লোপ পাবে,,,,,,,,,,,,।

অভিষেক কে মাটিতে এইভাবে কাতরাতে দেখে সত্যি আমাদের সবার বুদ্ধি লোপ পেয়েছিল । মুখ থেকে রক্ত ফিনকি দিয়ে বেরোচ্ছে। চোখ ওর উল্টে গেছে। হাত পা গুলো বেঁকে গেছে। সে রূপ বর্ণনা করাও যায়না, এতটাই ভয়ঙ্কর আর বীভৎস।

আর ঠিক সেই সময় আমাদের আরেকবার কাঁপিয়ে দিয়ে একটা মেয়ের অট্টহাসি শুনতে পেলাম, আমারই পাশ থেকে। এতটাই বিকট আর বিদ্রূপে ভরা হাসি, আমার একটুও বুঝতে অসুবিধা হলো না এটা কার হাসি।।
বিনোদের তো ভিরমি খাওয়ার জোগাড়। নিখিলেশ তাও কোনোমতে আমায় প্রশ্ন করলো " এ কে?????"।
আমি শুকনো গলায় কাঁপতে কাঁপতে বললাম " কামিনী।।"

আমাদের তিনজনের অবস্থা এখন বাঘের সামনে পড়া শিকারের মতন।

তারপর জানিনা ঠিক কিভাবে আমরা অভিষেককে নিয়ে গেলাম হাসপাতালে।
ভাগ্য ভালো সে যাত্রা সে বেঁচে গেছিল। তারপর থেকেই ওরা তিনজনের মধ্যে কেউই কামিনীর ব্যাপারে একটা "টু" শব্দ অবধি করেনি।

নিখিলেশ শেষ অবধি আমার কথা বিশ্বাস করতে বাধ্য হয়েছিল। আমার কাছে ক্ষমাও চাইলো, কিন্তু সে সব দিকে তো আমার মন নেই।

আমার মধ্যে তখন অন্য চিন্তা ঘুরছে। কামিনী কোথায়?? কিভাবে এলো??

ভয়ে আমার সারা শরীরের রোম খাড়া হয়ে উঠেছিল। আমি নিজেকে কি বোঝাবো জানি না। মুখের ভাষা অবধি হারিয়ে গিয়ে ছিল আমার।

3

তৃতীয় পর্ব

হাসপাতাল থেকে কোনো মতে কাঁপতে কাঁপতে বাড়ি ফিরলাম। যখন বাড়ি এলাম, তখন প্রায় রাত ১১.২৫ বাজে।

দরজার সামনে এসে বেল বাজাতে, মিনিট ১ পরে হরি উদ্বিগ্ন মুখে দরজা খুলেই জিজ্ঞেস করলো " দাদা বাবু এত দেরি?? আসো বসো, খাবার বেড়ে দিচ্ছি"।

আমি ক্লান্ত আর বিষণ্ন মুখে বললাম " না রে হরি। শরীর ভালো নেই", আমি খাবো না"।
" কেন গো দাদাবাবু?? কিছু হয়েছে??"
" না, কিছুনা। আমি শুতে যাই।। তুই ও যা"।

আমি আর কথা না বাড়িয়ে সোজা বাথরুমে চলে গেলাম চোখে মুখে জল দিতে। আহ শান্তি। মনে হলো শরীরের মধ্যের একটা জ্বলন্ত আগুন দপ করে নিভে গেল।

কিন্তু বার বার অখিলেশের মুখ আমার সামনে ভেসে উঠতে লাগল। সেই বীভৎস মুখ। আমি বেসিনে আয়নার দিকে তাকিয়ে নিজেকে বোঝানোর অনেক ব্যর্থ চেষ্টা করছিলাম।

এমন সময় বাথরুমের আলোটা দপ করে একবার নিভেই ফের জ্বলে উঠলো।
আমি কিছু বুঝে ওঠার আগেই আচমকা বাথরুমের দরজা আপনা হতেই দড়াম করে বন্ধ হয়ে গেল।
ভয়ে আমার গলা শুকিয়ে গেল। মনে হতে লাগলো আমার চারিদিক সব অন্ধকার হয়ে আসছে।
আমি কোনো মতে দরজার দিকে এগোতে গিয়েও থমকে গেলাম।

আমি এগোতে পারছিনা। পা কোথাও যেন আটকে গেছে। কেউ আমায় জাপটে ধরে রেখেছে। গলা থেকে আওয়াজ বের করার শক্তিটা হঠাৎ করেই হারিয়ে গেল। আমি চিৎকার করছি, কিন্তু...... কিন্তু কোনো আওয়াজ হচ্ছে না। আমি আতঙ্কে চোখ বন্ধ করলাম। এই সব কি হচ্ছে?? আমি না এগোতে পারছি, না গলা ছেড়ে ডাকতে পারছি।

চোখ খোলার পর দেখলাম। আমার চারিদিক ধোঁয়াতে ভোরে গেছে। আমি কিছু দেখতে পারছি না। নিশ্বাস আস্তে আস্তে বন্ধ হয়ে আসছে। এই বুঝি মরে যাবো,,,,,,,,।
"আহ,,,,," গলা কেউ টিপছে আমার। বাঁচা,,,,,,,,,,।
আমি জ্ঞান হারালাম।

জ্ঞান যখন ফিরলো তখন দেখি আমি আমার ঘরে শুয়ে। মাথার কাছে হরি।
আমি ধরমড়িয়ে উঠে বসতেই হরি বাধা দিয়ে বলল " আরে আসতে আসতে"। হরির দিকে তাকিয়ে ভয়ে চেঁচিয়ে উঠলাম " আমি কোথায়?? আমি কিভাবে এখানে এলাম??"

হরি ব্যস্ত হয়ে বলল " আরে করো কি?? দাদা বাবু তুমি শান্ত হও। আমি সব বলছি।।"

তারপর মিনিট ২ চুপ থাকার পর হরি বললো " আমি যখন খাবার রাখতে রান্না ঘরের দিকে যাই, তখন হঠাৎ করেই একটা ধুপ করে পড়ে যাওয়ার আওয়াজ শুনতে পেলাম বাথরুম থেকে। কি হলো?? দেখতে গিয়ে দেখি বাথরুমের দরজা ভিতর থেকে বন্ধ। আমি জানি তুমি ভেতরে, অনেক ডাকাডাকি করেও যখন তুমি সাড়া দিলে না, তখন মনে ভয় হয়। বাধ্য হয়ে দরজা ভাঙি। আর দরজা ভেঙে দেখি তুমি পড়ে আছো।"

আহ মাথা টা বড্ড ব্যথা করছে। সব কিছু শুনে আমি আর নিজেকে ঠিক রাখতে পারলাম না।
আমি বললাম " আমি একটু ঘুমাবো। তুই যা" হরি উদ্বিগ্ন মুখে বলল " তোমায় একা ফেলে যাই কিভাবে??"
আমি বললাম " কিছু হবে না, তুই যা"।

হরি লাইট অফ করে চলে গেল। আমি ক্লান্তিতে চোখ বুজলাম। ভয় এখনও মনের মধ্যে কাজ করছে, কিন্তু এই ভয়ের মধ্যেও যে কখন ঘুমিয়ে পড়েছিলাম, খেয়াল নেই।

খুব ভোরে ঘুম ভেঙে গেল আমার। এখন শরীর টা একটু ভালো মনে হচ্ছে। বাইরে এসে দেখলাম হরি নিজের ঘরে ঘুমোচ্ছে।
আমি এসে সোফায় বসলাম। দেওয়াল ঘড়ির দিকে তাকিয়ে দেখি ৫টা বাজে।

আর আধ ঘন্টা পরেই হরি উঠবে। আমি বসে কালকের কথা গুলো ভাবতে লাগলাম।

পর পর যে কি কি হয়ে গেল,মনে হচ্ছিল আমি বুঝি কোনো স্বপ্ন দেখছি।
আর ওই বাথরুমের ঘটনা মনে পড়তেই তো শরীর শিউরে ওঠে।
নিজের মনে প্রশ্ন করলাম " আচ্ছা কামিনী কি সত্যি আছে?? নাকি পুরোটাই আমার মনের ভুল?? মানে ঘাট শিলাতেও তেমন কিছুই হয়নি। হয়তো, হয়তো কামিনী বলে সত্যি কেউ নেই,,,, আমার হয়তো সবটাই মনের একটা ভ্রম।।"

একটা দীর্ঘশ্বাস ফেললাম। সব গুলিয়ে যাচ্ছে কেমন একটা। মনে হচ্ছিল দেওয়ালে পিঠ ঠেকে গেছে। মনে মনে একবার ডাকলাম " কামিনী, তুমি কি সত্যি আছো??"
ঠিক তখনই কোথা থেকে একটা ঠান্ডা হিম শীতল বাতাস আমার সমস্ত শরীর ছুঁয়ে বেরিয়ে গেল। মনে মনে প্রমাদ গুনলাম।
বেশ বুঝতে পারলাম কামিনী আছে, আর এটা আমার মনের ভুল নয়, আর ও আছে আমার বাড়িতেই।
এই কথা মনে হতেই আমার শরীরে একটা হালকা হাতের স্পর্শ অনুভব করলাম, কিন্তু কাউকে দেখতে পেলাম না।

হরি ঘুম থেকে উঠে বাইরে এসে আমায় দেখে অবাক হয়ে গিয়ে জিজ্ঞেস করলো " দাদা বাবু?? তুমি এত সকালে, শরীর ঠিক আছে??"

"হুম আমি ঠিক আছি। আজ ঘুম থেকে জলদি উঠে পড়েছি। এক কাপ চা করে নিয়ে আয়ে। বেশ ঠান্ডা লাগছে"। "এখুনি দিচ্ছি" বলে চলে গেল হরি।

আজ আবার অফিস। বেলা ১০ টায় খেয়ে দিয়ে বেরিয়ে গেলাম অফিসের জন্য। কালকের সেই বিভীষিকাময় মুহূর্ত গুলো আস্তে আস্তে মন থেকে লোপ পেলো।

আজ ও বাড়ি ফিরতে দেরি হলো আমার। সেই কাজের চাপ। বেশ বুঝতে পারলাম কাজের চাপ এখনো বেশ কিছুদিন থাকবেই।
বাড়ি ফিরতে ফিরতে সেই রাত ১০টা। বাস থেকে নেমে মিনিট ১০ হাঁটতে হয় বাড়ি যাওয়ার জন্য।
রোজকার মতন আজ ও বাস থেকে নেমে হাঁটছি। শীতের রাত। কনকনে হাওয়া দিচ্ছে। রাস্তায় আলো বা মানুষ তেমন নেই। স্বাভাবিক, শীত কালে এত রাতে কে বা থাকবে??

মিনিট ২ কি ৩ হাঁটার পর হঠাৎ মনে হলো কেউ আমায় অনুসরণ করছে। আমি পিছন

ফিরলাম, দেখলাম কেউ নেই।
মনের ভুল ভেবে ফের হাঁটতে শুরু করলাম। কিছুদূর যাওয়ার পর ফের মনে হলো কেউ আমার পিছু নিয়েছে। কিন্তু কে? ফের পিছন ঘুরে কাউকে দেখতে পেলাম না।

আমি একটু সাহস করে ডাকলাম " কে????" কোনো উত্তর এলো না।
ফের জিজ্ঞেস করলাম " কে?? কে আমার পিছু নিয়েছো?? সামনে এসো"।
কোনো উত্তর নেই। চারিদিকে আলো আর অন্ধকারের এমন এক বিশ্রী পরিবেশ সৃষ্টি হয়েছে, গা ছমছম করে।
আমি আর সেখানে না দাঁড়িয়ে দ্রুত পায়ে অগ্রসর হলাম, বলতে গেলে ভয়ে আতঙ্কে দৌড়াতে শুরু করলাম।

বাড়ির সামনে পৌঁছে একটু ভরসা এলো। কলিং বেল টিপতেই হরি দরজা খুলে দিল।
আমি ঘরে ঢুকে রোজকার মতন হাত পা মুখ ধুয়ে ড্রয়িংরুমে এসে দেখি হরি খাবার সাজিয়ে দিয়েছে।
খাবার সাজানোর এমন নিপুণ হাতের কাজ দেখে একটু অবাক হলাম। হরি খাবার দেয় বটে তবে এমন সুন্দর ভাবে কখনো নয়।

খুব খিদে পাওয়ার দরুন এইসব ভাবনা আপনা হতেই মিলিয়ে গেল। আমি গোগ্রাসে খাবার শেষ করলাম।
রাত তখন ১১.২০, আমি নিজের ঘরে। হরিও ঘুমোতে চলে গেছে।
আজ ঠিক করলাম নাইট বাল্ব জালিয়েই ঘুমাবো। এমনিতে আলো জ্বললে আমার ঘুম আসে না, তবে উপায় নেই।

বিছানায় শুতেই ঘুমে ঢলে পড়লাম।
রাত তখন কটা জানিনা, হঠাৎ একটা খসখস শব্দে ঘুম ভেঙে গেল আমার। আমি শুয়ে এদিক ওদিক করেও কিছু দেখতে পেলাম না। কিন্তু শব্দ টা হয়েই চলছে। উঠে বসলাম। বালিশের পাস থেকে মোবাইল টা বের করে সময় দেখলাম , রাত ১২.২০। ফোন বন্ধ করে জল খাওয়ার জন্য যেই বিছানা থেকে নামতে যাবো ওমনি আমার চোখ গেল টেবিলের উপর।
আলো আঁধারীর খেলায় আমি স্পষ্ট দেখলাম আমার গল্পের খাতা খোলা, আর তার উপর পেন দিয়ে কোনো এক অদৃশ্য শক্তি কিছু লিখে চলছে। আমি ভালো করে চোখ কচলালাম। আমি ভুল দেখছি না তো, কিন্তু না। আমি ঠিক দেখছি, একদম ঠিক।

কম্পিত পায়ে ধীরে ধীরে এগিয়ে গেলাম খাতার দিকে।

খাতার দিকে চোখ পড়তেই আমার গলা শুকিয়ে গেলে। হাত পা অবশ হয়ে গেল। সারা শরীরের রক্ত এক নিমেষে হিম হয়ে গেল।

আমি দেখলাম খাতায় লেখা " লেখক বাবু, আমি ফিরে এসেছি। অসমাপ্ত কাজ সম্পন্ন করতে। আমার যে তোমাকে ভীষণ দরকার।"

আমি ভয়ে আতঙ্কে চারিদিক তাকিয়ে দেখলাম, কিন্তু কেউ নেই কোথাও।
হঠাৎ পাশের ঘর থেকে একটা ক্ষীণ আস্তে মেয়েলি হাসির শব্দ কানে ভেসে এলো। " কি ব্যাপার??"

আমি দরজা খুলে বেরিয়ে এলাম বাইরে। কান পাতলাম, এখনো আসছে। শব্দ টা আসছে হরির ঘর থেকেই। "হরি",,,,,,, ভাবনা টা মাথায় আসতেই আমি আঁতকে উঠলাম।

আমি ধীর পায়ে এগিয়ে গেলাম হরির ঘরের দিকে। এইবার হাসির শব্দ আরো স্পষ্ট। দরজা খোলাই ছিল। একটু ফাঁক করতেই যা দৃশ্য আমার চোখে পড়লো, তা দেখে আমার সারা শরীরের রোম খাড়া হয়ে উঠলো। শিরদাঁড়া দিয়ে বেয়ে গেল ঠান্ডা রক্তের স্রোত। আমার সমস্ত ভাবনা বুঝি লোপ পাবে এবার, আগাম ভবিষ্যতের কথা ভেবে আমার গলা শুকিয়ে কাঠ হয়ে গেল। আমি ছিটকে পড়লাম।
নিজেকে সামলানোর মতন শক্তি আমার হারিয়ে গেছে। ভয়ে আতঙ্কে আমি মুখ ঢাকলাম। এ কি দৃশ্য দেখলাম আমি???
আতঙ্কে ভয়ে মুখ থেকে কেবল অস্ফুট স্বরে বেরোলো " হরি,,,,"।।

4

চতুর্থ পর্ব

রাগে ভয়ে ঘেন্নায় আমি চিৎকার করে উঠলাম। সোজা দরজায় গিয়ে লাথি মারতেই দরজা খুলে হুড়মুড়িয়ে ঢুকলাম ভিতরে।
উফফ কি বীভৎস দৃশ্য।
দেখলাম, কামিনী বসে আছে। তার শরীরের উপরের অংশ পুরোটাই অনাবৃত। কেবল নিচের অংশ শাড়ি দিয়ে ঢাকা। আমি এই সব কি দেখছি??
অবশ্য তার শরীরে উপর আমার নজর নেই। আমার নজর গিয়ে পড়লো কামিনীর নীচে শুয়ে থাকা হরির উপর। কামিনী হরির পেটের উপর বসে তার গলা টিপে আছে, আর খিল খিল করে হাসছে।

আমি চিৎকার করে উঠে বললাম " কামিনী ছাড় বলছি,. ছাড় ওকে।"
কামিনী তীব্র দৃষ্টিতে তাকালো আমার দিকে। উফফ কি বীভৎস সেই দৃষ্টি। চোখ লাল টকটকে। মনে হচ্ছিল আগুনের গোলা। এখুনি আমায় ওই চোখের আগুন দিয়ে ভস্ম করে দেবে।
আমি আবার বললাম " ছাড় কামিনী। ছাড়"।
কামিনী চোখের নিমেষে ওকে ছেড়ে আমার সামনে, একদম সামনে এসে উপস্থিত হলো। আমি ভয়ে চমকে উঠলাম। কম্পিত দৃষ্টি তে ওর দিকে তাকিয়ে দেখলাম কামিনীর শরীরের উপরের অংশ তখনো অনাবৃত। এখন তার মুখ সম্পূর্ণ পরিবর্তিত। চোখের সেই চাহনি পর্যন্ত উধাও হয়ে গেছে।
খিল খিল করে হেসে আমার মুখে হাত বুলিয়ে বললো " জানো তো, লেখক বাবু তোমার হরি আমার রুপে মজে ছিল। আমার সাথে রাত কাটাতে চেয়েছিল। আমি তার ইচ্ছে পূর্ণ করেছি। কি ঠিক করিনি??"
নাইট ল্যাম্পের নীলাভ আলোয় দেখলাম, হরি বিছানায় নিথর অবস্থায় পড়ে আছে। জানিও না ও মৃত নাকি জীবিত??

বুকের ভিতর কেমন সব ওলটপালট হয়ে যাচ্ছে। আমার মাথা ঘুরতে শুরু করেছে। কামিনী আমার গালে স্পর্শ করে বললো " লেখক বাবু, দেখো না আমায়। দেখ। কি সুন্দর লাগছি তাই না??"।

আমি চোখ বন্ধ করে চিৎকার করে উঠলাম।" থামো, থামো,কি চাও তুমি?? কি চাও?? হরির যদি কিছু হয়ে যায় তোমায় আমি ছাড়বো না। কিছুতেই না। আর তুমি এখানে এলে কিভাবে??"

সেই চেনা বিদ্রুপের হাসি শুনতে পেলাম। উফ্ফ কি বিকট সেই হাসি, তা বর্ণনা করা যায়না। কামিনী বললো " আমি তো এতদিন হরির মধ্যেই ছিলাম "।
কথা টা শুনে আমার পায়ের তলার মাটি মনে হলো এক নিমেষে কেউ সরিয়ে নিলো। আমি পড়ে যাচ্ছি।

তারপর ঘটলো এক অভাবনীয় ঘটনা, যা আমি কল্পনা করতেও পারিনি।
আমার চার পাশের পরিবেশ এক নিমেষের মধ্যে বদলে গেল। আমি শুনতে পেলাম কামিনী বলছে" আমি কি চাই?? জানতে চাও?? আমি মুক্তি চাই। লেখক বাবু আমি মুক্তি চাই"।

আমি চোখ থেকে হাত সরিয়ে যা দেখলাম তা সত্যি আমার বিজ্ঞান মনস্ক মনকে এক নিমেষে ধূলিসাৎ করে দিল। আমি চোখের সামনে সিনেমা দেখতে শুরু করেছি।

দেখলাম আমি এখন সেই পুরোনো ভাঙা বাড়িতে এসে হাজির হয়েছি। সেই বাড়ি, সেই ঘর এখন পরিষ্কার পরিচ্ছন্ন। বাড়ি টাও বদলে গেছে।কোথায় সেই ভাঙা দেওয়াল?? কিছুই নেই সব উধাও।
তারপর হঠাৎ চিত্রের পরিবর্তন। দেখলাম কামিনী একজন লোকের সাথে হাত ধরে ঘুরছে। তারপর দেখলাম সেই ঘরে অর্থাৎ যেখানে আমি ছিলাম, ওখানে ওরা দুজন,একা।
চিনতে অসুবিধা হলো না ওই লোকটাই হলো অভিলাস। যার সাথে কামিনীর ভালোবাসা ছিল।

তারপর দেখলাম ওরা একে অপরকে ভালোবাসছে। কি গাঢ় সেই ভালবাসা। সেই বিছানা, তার উপর দুটো উলঙ্গ দেহ। একে অপরকে জাপটে ধরে আছে। দুটো দেহ মিলে মিশে এক হয়ে গেছে।

তারপর হঠাৎ দেখলাম চিত্র নাট্যের পরিবর্তন। দেখলাম কামিনী কাঁদছে, ভয়ে পাচ্ছে। অভিলাসের গলা জড়িয়ে ধরে কিছু বলার চেষ্টা করছে। শব্দ কিছু শোনার সুযোগ আমার নেই, খালি ছবি দেখছি।
কামিনী, অভিলাসের হাত নিয়ে নিজের পেটে দিয়ে কিছু একটা বললো।
আমি মনে মনে আন্দাজ করলাম , কামিনী কি মা হতে চলেছিল??।
তারপর আচমকা আবার চিত্রের পরিবর্তন। দেখলাম, একটা লোক। যার মুখ স্পষ্ট নয়, সে কামিনীকে কিছু বলে তার ঘরে নিয়ে এলো। তারপর ওরা স্বাভাবিক ভাবেই কথা বলছে। কিন্তু লোকটার মুখ কিছুতেই দেখা যাচ্ছে না। তারপর আচমকাই আমায় ভীষণ ভাবে চমকে দিয়ে লোকটা কামিনীকে প্রায় এক প্রকার জোর করেই বিছানায় নিয়ে গিয়ে ফেলল।
তারপর তার শরীরের প্রত্যেকটা কাপড় টেনে হিঁচড়ে খুলতে লাগলো। দেখলাম কামিনী সম্পূর্ণ উলঙ্গ। সেই দৃশ্য দেখে লোকটা বাঘের মতন ঝাঁপিয়ে পড়লো ওই উলঙ্গ দেহের উপর, কামিনীর শত বাধা দেওয়ার চেষ্টা বিফল।
লোকটা কামিনীর দেহের প্রতিটা অঙ্গ কামড়ে, হিঁচড়ে, পিষে খেতে লাগলো। আমি দেখতে পারলাম না সেই দৃশ্য। ভয়ে আতঙ্কে চোখ ঢাকলাম।
কিন্তু না আমায় পুরোটা দেখতেই হবে। সাহস করে হাত সরালাম চোখ থেকে। কামিনী চিৎকার করছে। নিঃশব্দে চিৎকার, কারণ কেউ নেই তাকে বাঁচানোর।

তারপর হঠাৎই দেখলাম লোকটা পাগল, উন্মাদ হয়ে বিরাট একটা শাবল জাতীয় কিছু দিয়ে জোরে আঘাত করলো কামিনীর মাথা লক্ষ্য করে।
১০ সেকেন্ডের মতন ছটফটানি, তারপর উলঙ্গ দেহটি ঢলে পড়লো চির নিদ্রায়।
সেই নিথর দেহ দেখে, সেই উন্মাদ লোকটির কি উল্লাস। তারপর ওই ঘরের ভিতরই ওকে পুঁতে দিলো। উফফ কি বীভৎস সেই দৃশ্য।

চাঁদের মিষ্টি আলোয় লোকটির ঝলক একটি বার দেখে আমার বুঝতে অসুবিধা হলো না, লোকটি কুনাল। বুকটা ধড়াস করে উঠলো আমার। এই কি তবে সেই কুনাল??
ঠান্ডা রক্তের স্রোত আমার শরীর আচ্ছন্ন করে দিলো।

আমার সারা শরীর অবশ হয়ে আসছে। আমি আর দেখতে পারছিনা। মাথা টলছে, মনে হচ্ছে এই বুঝি পড়ে যাবো। শীতকালেও সারা শরীর আমার ঘামে ভিজে গেছে।
কিন্তু আমায় যে ঠিক থাকতেই হবে। আমায় সবটা দেখতেই হবে।

কিন্তু কই?? আর তো কিছু নেই। কোথায় সেই ছবি?? ঘর তো ফাঁকা। কেবল একটা নীল নাইট বাল্ব জ্বলছে। আর তো কিছুই নেই। আমি পাগলের মতন খুঁজলাম সারা ঘর,

কিন্তু কোথাও কেউ নেই।

তারপর হঠাৎ চোখ পড়ল বিছানায়, দেখলাম হরির দেহ টা।
আমি কম্পিত পায়ে, মনে অগাধ সংশয় নিয়ে এগিয়ে গেলাম ওর দিকে। হরি জীবিত?? নাকি??????

কম্পিত হাত কোনোমতে বাড়ালাম ওর দিকে, তারপর শুকনো গলায় ডাকলাম " হরি,,,,,,,,,,, হরি,,,,,"
কোনো সাড়া নেই।
আমি কেঁদে ফেললাম। ফের ডাকলাম " হরি,,,,,, হরি,,,,,"

আচমকাই হরি ধরমড়িয়ে উঠে বসলো। ভুত দেখার মতন আমায় দেখে চমকে উঠে জিজ্ঞেস করলো " দাদা বাবু??তুমি এখানে?? কি হয়েছে?? এমন ভাবে কাঁপছ কেন?? দাদা বাবু.....।"

আমি খালি জিজ্ঞেস করলাম " হরি তুই বেঁচে আছিস???"।

5

পঞ্চম পর্ব

আমার অবস্থা দেখে হরির চোখেও তখন একরাশ ভয় আর আতঙ্ক দানা বেঁধেছে। হরি আমায় এক গ্লাস জল দিয়ে বললো " কি হয়েছে দাদা বাবু?? তুমি এত ভয় পেয়েছো কেন?? কি হয়েছে??"

আমি ফ্যাকাসে মুখ করে তাকালাম হরির দিকে। ওর কথা শুনে মনে হচ্ছিল , সত্যি কি ই বা ঘটেছে? কিছুই হয়নি।
এক চুমুকে সমস্ত জল টা খেয়ে আমি একটু ধাতস্থ হয়ে হরি কে বললাম " বস সব বলছি"।
হরি বসলো আমার পাশে। তারপর আমি পুঙ্খানুপুঙ্খ ভাবে সমস্ত ঘটনা টা বললাম।

আমার কথা শুনে ওর হাতে ধরে থাকা কাঁচের গ্লাস পড়ে ভেঙে দু টুকরো হয়ে গেল। ওর হাত কাঁপছে। ওর চোখে নিদারুণ ভয়।
আমায় কম্পিত কণ্ঠে জিজ্ঞেসা করলো " আমি বাঁচবো তো??"
সত্যি এমন একটা প্রশ্ন শুনে আমার বুক দুমড়ে মুচড়ে উঠলো। কি উত্তর দেব জানি না। আমি তৎক্ষণাৎ সিদ্ধান্ত নিলাম ঘাটশিলা আবার যাবো। না হলে এই সমস্যার সমাধান কিছুতেই হবে না।
হরি প্রতিবাদ জানালো। কিন্তু আমি ওকে সবটা বুঝিয়ে বলতে, ও বুঝলো।

আমি বললাম " বেশি দেরি করা ঠিক হবে না, তুই আজই গিয়ে তৎকালের টিকিট কাটবি। আজ মঙ্গলবার। আমরা বুধবার যাবো। যা এখন রাত প্রায় ২টো ঘুমিয়ে পড়।"

ও আমার হাত চেপে বললো " ও বাবা আমি একা থাকতে পারবো না। আজ ঘুম হবে

না। তুমি যেও না"।
আমি ওকে আসস্থ করে বললাম " আর কিছু হবে না। যা হওয়ার হয়ে গেছে। তুই ঘুমিয়ে পড়"।

হরিকে শুইয়ে আমি নিজের ঘরে এসে বিছানায় বসলাম। ভাবছিলাম পরবর্তী পদক্ষেপ কি করা যায়, কিন্তু মাথা কাজ করছিল না। তাই অগত্যা একটু শুয়ে পড়লাম।

আর শোয়ার মিনিট খানেক পরেই ঘুম। আমার সত্যি নিজেরই কেমন একটা আশ্চর্য লেগেছিল যে এত কিছু হওয়ার পরেও আমার ঘুম হলো কি করে? কিন্তু সত্যি বলতে ঘুম দরকার, ওটি না হলে মাথা খোলে না।
আর এখন মাথা খোলা আর সজাগ থাকা ভীষণ ভাবে দরকারি।

সকাল যে কখন হয়ে গেল টের পেলাম না। হরি শুকনো মুখে চা নিয়ে এলো। ওকে দেখে মনে হচ্ছিল কালকের কথা এখনো তার মস্তিষ্কে ঘোরা ফেরা করছে। আমি বললাম " হরি আর সময় নষ্ট নয়। জলদি যা টিকিট কেটে আন। আমরা কাল ই বেরোবো।"
কথা গুলো শুনে হরির মুখ কোনো এক অজানা আতঙ্কে আরো ফ্যাকাসে হয়ে গেল। ও ঢোক গিলে বললো " আচ্ছা,,,,,,"।

আমি রেডি হয়ে ১০টায় অফিস বেরিয়ে গেলাম।
মনের মধ্যে একটা উৎকন্ঠা, ভয় আর উত্তেজনা কাজ করছে। না জানি কাল কি আছে আমার ভাগ্যে? আদৌ বেঁচে ফিরতে পারবো কিনা জানি না।

আজ অফিসে কথা বলে ছুটির ব্যাপার টা অনেক কষ্ট করে ম্যানেজ করে জলদি বাড়ি ফিরলাম।
এসে দেখি হরির মুখের সেই ভয়ের রেশ এখনো যায়নি। এখনো ওর মধ্যে কিছু একটা কাজ করছে যা আমি দেখতে পাচ্ছিনা।
ওকে কিছু জিজ্ঞেসা করলেও ঠিকঠাক উত্তর ও দিচ্ছে না। ওর জন্য খুব খারাপ লাগছিলো। আমার জন্যই এত বড় একটা ঝামেলাতে ও জড়িয়ে পড়লো।

রাতে খাওয়া শেষ করে হরি ব্যাগ গুছিয়ে দিলো। কাল সকালে 6টায় ট্রেন। জলদি উঠতে হবে।
হরি কে বললাম আমায় তাড়াতাড়ি ডেকে দিতে। হরি শুধু ঘাড় নেড়ে চলে গেল। কি ব্যাপার হলো, বুঝতে পারলাম না।
আমিও আর কোনো কথা বাড়ালাম না।

সেই দিন রাতে আর তেমন কিছুই হয়নি। বুধবার ভোর ৪টে উঠে রেডি হয়ে নিলাম। তারপর হরিকে নিয়ে বেরিয়ে পড়লাম অজানা একটা সমুদ্রে। যেখানে প্রতি পদে পদে বিপদ। ভগবান আমাদের দুজনের কপালে কি লিখে রেখেছেন জানিনা। যা হবে দেখা যাবে।

৩ঘন্টা ১০ মিনিট লাগলো পৌঁছতে। তারপর স্টেশন থেকে একটা রিক্সা নিয়ে সোজা চলে এলাম সেই ভাঙা জরাজীর্ণ হয়ে যাওয়া আমাদের অজানা ভাগ্যের কাছে। রিকশা থেকে নেমে এগিয়ে গিয়েও থমকে যেতে হলো। হরি আমার হাত ধরে টেনে রেখেছে।

হরির দিকে তাকিয়ে দেখি ওর চোখ বিস্ফারিত। ভয়ে আতঙ্কে ওর মুখ সাদা হয়ে গেছে। আমি বললাম " হরি এটাই আমাদের মুক্তি পাওয়ার একমাত্র রাস্তা। না হলে সারাজীবন ওই কামিনীকে সহ্য করতে হবে, যা আমি বিন্দুমাত্র পারবো না। সময় নষ্ট করিসনা হরি। চল চল"।

প্রায় একপ্রকার টেনে নিয়ে চললাম ওকে।পৌঁছে দেখলাম আমাদের ঘর দুটোর কোনোটাই তালা বন্ধ নয়।
আমি অবাক হয়ে তাকাতে হরি বললো" সময় ছিলোনা,"

তারপর সবকিছু মনে পড়ে গেল আমার।সেই বিভীষিকাময় রাতের কথা। উফফ মনে পড়তে গা কেমন ছমছম করে।

হরির উদ্দেশ্য বললাম আজ আমরা একটা ঘরেই থাকবো। আর সেটা আমার ঘর। কারণ আমার ঘরের মধ্যেই সব কিছুই হয়। তুই এক কাজ কর শাবল, কোদাল, দেশলাই কেরোসিন মোমবাতি রেডি কর।

আমি আর হরি ঘরে প্রবেশ করতেই একটা ঘেরঘের শব্দে দুজনেই চমকে পিছনে তাকালাম। দেখি বড় গেটটা আপনা হতেই বন্ধ হয়ে গেল।
আমি অনুভব করলাম আমার পাশে থাকা হরি কাঁপছে। ঠক ঠক করে কাঁপছে।
আমি বেশ বুঝতে পারছি সময় আগত।
হঠাৎ চারপাশের পরিবেশ আচমকা বদলে গেল। সুন্দর সকাল হয়ে গেল কুৎসিত কালো ছমছমে রাত। একি?? আমি কি ঠিক দেখছি!!!?
তার সাথে বইতে শুরু করেছে ঝোড়ো হাওয়া। কি দাপট সেই হাওয়ার। আমি দরজা জানালা সব বন্ধ করে দিলাম।কিন্তু সেই হাওয়া কোনো বাধা মানছে না।মনে হচ্ছে এই

বুঝি দরজা জানালা ভেঙে ঘরে ঢুকবে।

এতক্ষন খেয়াল হয়নি, হরির এক টানে আমি দেখলাম ঘরের মধ্যের চেয়ার টেবিল এমনকি খাট হাওয়াতে ধীরে ধীরে ভাসতে শুরু করেছে। সাথে শুনলাম একটা পুরুষ মানুষের গোঙানির শব্দ।
আমি আর হরি কাঠ হয়ে গেলাম। নড়ার মতন শক্তি হারিয়ে গেছে। তারপর আমাদের দুজন কে প্রায় অগ্রাহ্য করে ওরা সবাই দুলতে শুরু করেছে। আমি নিজের চোখকে বিশ্বাস করতে পারছিনা।

আমি কি ঠিক দেখছি?? নিউটনের অভিকর্ষের সূত্র কে পুরো ওলটপালট করে ওরা আমাদের চারিদিকে নাচতে শুরু করেছে।
আর তার সাথে এবার যোগ হলো কামিনীর বিদ্রুপ ভরা হাসি।
হরির অজ্ঞান হওয়ার জোগাড়। কোনোরকমে ওকে সামলে রেখেছি।
আর দেরি নয়। কাজ জলদি শুরু করতে হবে।
শুনতে পাচ্ছি দূরের সেই গেটের খোলা আর বন্ধ হওয়ার শব্দ।
শুনতে পেলাম আমাদের দরজায় দুম দুম আঘাতের শব্দ। কি ভয়ঙ্কর পরিস্থিতি, তা লিখে বর্ণনা করা যায়না।
"হরি শাবল টা নে,, হ্যাঁ, এইখানে,,,,, এইখানে খোড়"।

খুঁড়তে গিয়ে ঘটলো সে এক বীভৎস ঘটনা। হরিকে কোনো এক অলৌকিক শক্তি ছুঁড়ে ফেলে দিলো মেঝে তে।
আমি চেঁচিয়ে উঠলাম " হরি,,,,,,,,,,,,"।

দেখলাম হরি অজ্ঞান হয়ে মুখ থুবড়ে পড়ে। তারপর ঘটলো আরো এক অলৌকিক ঘটনা, যা আমায় সম্পূর্ণ রূপে দুলিয়ে দিলো।
কোথা থেকে আর একটা হাওয়া এসে জুটেছে ঘরে।
বাতাসকে আমরা চোখে দেখতে পাইনা, কেবল অনুভব করি, কিন্তু আমি শ্রীমান অরুণ রায় স্পষ্ট দেখলাম, দুটো বাতাসের মধ্যে তুমুল লড়াই।
কি ভয়ংকর তার গর্জন। ঘরের সমস্ত জিনিস ওলটপালট করে দিচ্ছে। আমি শাবল টা শক্ত করে হাতে ধরে মেঝে খুঁড়তে লাগলাম।

মাঝে মাঝে শুনতে পেলাম কামিনীর আর্তনাদ, মাঝে মাঝে এক অচেনা পুরুষের।

প্রায় ১ হাত খোঁড়ার পর একটা কঙ্কালের হাত দেখতে পেলাম।

সেইটা টেনে যেই তুলতে যাবো ওমনি কেউ এসে আমায় দিলো এক সজোরে ধাক্কা, আমি ছিটকে গিয়ে পড়লাম। উফ হাতের শাবল টাও ছিটকে পড়লো মাটিতে।

তারপর শুনলাম এক রণ হুঙ্কার, পুরুষের গলায় " কামিনী তোকে আমার হাত থেকে কে বাঁচবে?? যতদিন আমি আছি, ততদিন তোর মুক্তি নেই। না নেই।। তোকে আমি এই ভাবেই চুষে কামড়ে খাবো। তোর মুক্তি নেই।।আর যে আমাদের মধ্যে আসবে তাকে শেষ করে দেব"।

আমার এইবার চিনতে অসুবিধা হলো না, পুরুষের গলাটা কুণালের।। হ্যাঁ , আমি নিশ্চিত।।

এবার শুনলাম কামিনীর গলা।
কামিনীর গলা কেমন যেন পাল্টে গেছে। সেই হুঙ্কার বা বিদ্রুপ নেই। গলায় এখন ভয়। ভীষণ ভয়।
কামিনী বললো " রেহাই দাও আমায়, ছেড়ে দাও। আচ্ছা আমি থাকব তোমার সাথে, তুমি লেখকবাবু কে ছেড়ে দাও।"

তারপর কানফাটানো এক অট্টহাসি। সেই পুরুষ কন্ঠ ফের বললো " ছেড়ে দেব?? এত সহজে?? হা হা হা।।না না না কিছু তেই না।"

আমার মাথায় বিদ্যুৎ এর মতন একটা বুদ্ধি খেলে গেল। এই সুযোগ। ওদের কথার আড়ালে গিয়েই আমায় কাজ উদ্ধার করতে হবে। কঙ্কালের একটা পা আর একটা হাত দেখা যাচ্ছে।
আমি খুব সন্তর্পণে এগিয়ে গেলাম সেই দিকে। তারপর কেরোসিন ভর্তি জার টা ঢেলে দিলাম তার উপর।
তারপর কঙ্কালের একটা হাত ধরে যেই টান মারতে যাবো, ওমনি সেই বিকট ঝোড়ো হাওয়া আমায় টেনে শূন্যে তুলে মারলো এক আছাড়। বেশ বুঝতে পারলাম আমার গোটা শরীরের কয়েক জোড়া হাড় ভেঙে গুঁড়ো হয়ে গেল। কিন্তু এতে আমার উদ্দেশ্য সফল হয়েছে। কঙ্কাল টা পুরোটাই বেরিয়ে এসেছে।

কিন্তু উঠে দেশলাই জ্বালানোর মতন শক্তি যে আমার নেই।।কি করবো? " কামিনী বলে দাও কি করবো??"।

কামিনীর গলায় এখন ভয়। ও কাঁদছে।

আমি নিজের শরীরকে কোনো রকমে টেনে হিঁচড়ে নিয়ে গেলাম হরির কাছে। তারপর হরি কে ডাকলাম " হরি,,, হরি ওঠ।। হরি তোকে উঠতেই হবে। তুই না উঠলে আমরা সবাই চির নিদ্রায় চলে যাবো, হরি ওঠ"।
বার কয়েক ডাকার পর, হরি আস্তে আস্তে চোখ মেললো।
আমি বললাম " সময় নষ্ট হয়। এখুনি আগুন জ্বালিয়ে ফেল ওই কঙ্কালের উপর। দেরি করিস না"বলে আমি দেশলাইটা ধরিয়ে দিলাম ওর হাতে।

ওদিকে সেই পুরুষ কন্ঠের অর্থাৎ কুণালের কি গর্জন।
হরি দিকবিদিক জ্ঞান শুন্য হয়ে আগুন জ্বালিয়ে ছুড়ে ফেলে দিলো ওই দিকে।

আমি একটা দীর্ঘশ্বাস ফেললাম। কিন্তু ঠিক তখনই একটা অট্টহাসি আমার সারা শরীরের রক্ত কে হিম করে দিলো আবার।
আমি সামনের দিকে তাকাতেই চমকে উঠলাম, " একি আগুন যে জ্বলেনি, দেশলাইয়ের কাঠি টা আস্তে আস্তে নিস্তেজ হয়ে আসছে!!!"।
মনে মনে প্রমাদ গুনলাম, বুঝলাম আমাদের অন্তিম সময় আসন্ন।
তারপর ঘটলো এক অভাবনীয় ঘটনা, একটা হাওয়ার ঝোঁক এসে ওই আগুনের ফুলকিতে যেন প্রাণ ঢেলে দিল। সেই নিস্তেজ প্রায় নিভু নিভু দেশলাইয়ের কাঠি হঠ্যাৎ দপ করে জ্বলে উঠলো। ধরে গেল আগুন ওই কঙ্কালের হাড়ে।

আগুন লাগতেই এক বিকট কানফাটানো আর্তনাদ। বাঁচাও বাঁচাও বাঁচাও।।।।
আর সেই সাথে শুনলাম কামিনীর মুক্তির হাসি।

মিনিট দশ পড়ে যখন সমস্ত কিছু পুড়ে ভস্ম হয়ে গেল। তখন আপনা হতেই ধীরে ধীরে দরজা জানালা গুলো খুলে গেল।। আস্তে আস্তে কালো অন্ধকার সরে গেল।
কিন্তু আমার ওঠার মতন অবস্থা নেই। তবুও আমি একটা মুক্তির স্বাদ অনুভব করলাম ।

কোনোরকমে চোখ তুলে সামনে তাকাতেই দেখি কামিনী দাঁড়িয়ে। ও ধীর পায়ে এগিয়ে এলো আমার দিকে।
বললো " লেখক বাবু কিভাবে আপনাকে ধন্যবাদ জানাবো জানি না। আজ আপনার জন্য আমি মুক্ত হতে পেরেছি। তবে এখনো একটা কাজ বাকি"

আমি কোনোরকমে ঢোক গিলে অস্ফুট স্বরে বললাম " কি??"
"এই মেঝে আর একটু খুঁড়লেই আরো একটা কঙ্কাল পাবে, তাকেও জ্বালিয়ে দিও, সেটা

আমার কঙ্কাল"।

আমি তখন ব্যথায় কাতরাতে কাতরাতে বললাম " আমার যে ওঠার অবস্থা টুকুও নেই। কিভাবে করবো জানিনা"।
কামিনী হাসলো তারপর আমার শরীরে হাত বুলিয়েই উধাও হয়ে গেল।
তারপর ঘটলো আরেক ভেলকি। আমার সমস্ত ব্যথা এক নিমেষে গায়েব হয়ে গেল।
আমি হাসলাম, তারপর কামিনীর কথা মতন ওর কঙ্কাল টা জ্বালিয়ে দিয়ে একটা স্বস্তির নিঃশ্বাস ফেললাম।

তারপর,,,,,,, তারপর কলকাতা। একটা শান্তি, একটা সুখ একটা হ্যাপি এন্ডিং।।

6

মাংসাশী

কামিনীর রেশ অনেক দিন আগেই কেটে গেছিল। কামিনীর ভয় মন থেকে দূর করে আরো অনেক ছোট ছোট জায়গায় ঘুরতে যাই। সত্যি বলতে এখন ঘোরাটা আমার কাছে একটা নেশা হয়ে গেছে। কত রকমেরই অভিজ্ঞতার সঞ্চয় হয়। মানুষের যখন উঠতি বয়স মানে ওই ২৬ কি ২৭ তখন ঘুরতে যাওয়ার একটা প্রবল আর অদম্য নেশা জন্মায়।
কত রোমাঞ্চকর অভিজ্ঞতার খোঁজে বেরিয়ে পড়ে। কিন্তু আমার বেলায় হয়েছে একটু আলাদা। প্রায় মাঝ বয়সে এসে আমার এমন শখ জেগেছে। সত্যি বলতে এখন চাকরি তেও তেমন মন বসে না। তাই রোমাঞ্চকর কিছু অভিজ্ঞতা সঞ্চয়ের জন্য বেরিয়ে পড়ি।

ঘাটশিলায় ঘটনা ঘটার প্রায় ১ বছর পেরিয়েছে, কিন্তু তেমন কোনো অভিজ্ঞতা সঞ্চয় করতে পারিনি যে গল্প লিখতে বসবো।
তাই বেশ মন খারাপেই ছিলাম।
কিন্তু তারপর সুযোগ চলে এলো আচমকাই। আর আজ তারই গল্প বলবো। জানি অনেক সুস্থ মস্তিষ্কের মানুষই এটা বিশ্বাস করবে না, আমিও যে খুব করেছিলাম তাও নয়, তবে বিজ্ঞানের যোগ সাজস আর আমার চোখ আমায় বিশ্বাস করতে এক প্রকার বাধ্যই করে।

যায় হোক এই গল্প যে কামিনীর থেকেও ভয়ানক আর ভয়ঙ্কর তা আমি জানি না কতটা বোঝাতে পারবো।

গল্পের শুরু এইভাবে,,,,,,।

সদ্য বিষ্ণুপুর থেকে ঘুরে এসেছি ১৫ দিন হল। এসে দেখি আমার সাধের বাগানের একটা

অতি প্রিয় কালো গোলাপ প্রায় মরতে বসেছে।

কালো গোলাপ সাধারণত আমাদের এই পরিবেশে হয়না। কিন্তু একটা বিশেষ পরিবেশ তৈরি করে এটাকে পরিচর্যা করা হয় ।

কিন্তু এই ৫ দিন দেখা শোনার অভাবে গাছটা প্রায় ঝিমিয়ে গেছে।

তাই ভাবলাম একটু youtube বা নেট ঘেঁটে দেখি যদি কিছু তথ্য পাই। কিভাবে একে ফের বাঁচানো যায়? আমার কাছে একটা খুব পুরোনো বই ছিল, গাছ ও তাদের পরিচর্যার উপর।

কিন্তু দুঃখের বিষয় হলো এই, ওই বইটা কিছু দিন আগেই উই পোকার তান্ডবে নষ্ট হয়ে যায়। ওই বই টা থেকেই আমি কালো গোলাপ ফলানোর এক অদ্ভুত পদ্ধতি শিখি। কিন্তু এখন উপায়?? উপায় হয়তো ওই একটাই, ইন্টারনেট। দেখি কিছু বের করতে পারি কিনা।

এই ভাবেই ইন্টারনেট ঘাঁটতে ঘাঁটতে আমি একটা নতুন গাছের সন্ধান পাই। খুব রেয়ার প্রায় বিলুপ্ত গাছ। যতই পড়তে থাকি ততই অবাক হয়ে যাই। এর নাকি একটা বিশেষ গুন আছে, যা হলো এই গাছের পাতার রস মুখে বা অন্য কোথাও মাখলে বার্ধক্য আসে না। সাধারন মানুষের বুদ্ধিতে এটা নিছকই হাস্যকর বিষয়, আমার কাছেও প্রথমে তাই মনে হয়েছিল। কারন বার্ধক্য আসে তার নিয়ম অনুযায়ী, তা আবার আটকানো যায় নাকি?? তাও আবার গাছের পাতার রস মেখে?? এটা হতে পারে হয়তো কিছু সময় অবধি এর কার্যকারিতা বর্তমান থাকে তার পর ধীরে ধীরে লোপ পায়। কিন্তু আমি যতই আর্টিকেল টা পড়ছিলাম ততই অবাক হয়ে যাচ্ছিলাম। কারন ওখানে স্পষ্ট লেখা ছিল এটার কাজ সাময়িক নয়, সুদুর প্রসারী। এও কি সম্ভব?? খুব লোভ হল গাছ টা দেখার।

এমন অভিনব আর নতুন গাছের সন্ধানে আমার মন আনন্দে নাচতে শুরু করলেও সেই নাচ বা আনন্দ বেশিক্ষন স্থায়ী হলো না, তার কারণ ওই গাছ এইখানে পাওয়াই যায়না। এটা নাকি সুদূর তিব্বতে কোনো এক পাহাড়ের কোলে অবস্থান করে। তবে এটাও লেখা দেখলাম এই গাছের হদিস এখনো কেউ পায়নি

কেবল একজন ছাড়া। তিনিই এই সমস্ত তথ্য সবার সামনে তুলে ধরেন। তিনি একজন ব্রিটিশ বিজ্ঞানী আলেকজান্দ্রা। তবে উনি বছর পাঁচ আগেই মারা গেছেন। আদৌ এটা সত্যি?? নাকি লোকটি স্রেফ প্রচার পাওয়ার তাগিদেই এমন আজগুবি তথ্য দিলেন?? জানি না।

কেন জানি না মনে খটকা হওয়াতে আমি ওই বিজ্ঞানীর সমস্ত কর্ম জীবনী পড়তে শুরু

করলাম। পড়ে এমন অনেক কিছুর সন্ধান পেলাম, যা একদম সত্যি ও তার অস্তিত্ব ও আছে, তার মানে বিজ্ঞানীটি গাছ বিষয়েও বোধ হয় ভুল বলেননি, তার মানে সত্যি এমন অসাধারণ গাছ আছে!!! ভাবলেই রোমাঞ্চ জাগে।

সত্যি বলতে সমস্ত তথ্য পড়ে গাছটাকে একবার চাক্ষুষ করার অদম্য ইচ্ছে যে আমার মধ্যে জন্মেছে, সেই ইচ্ছে টা বোধ হয় ওই অলৌকিক গুণের জন্যই। মনে মনে যে তা সংগ্রহ করার একটুও লোভ হচ্ছিল না তা নয়, যদি পাই গাছটা তাহলে যে কি কি উপকার হবে, তা বলাই বাহুল্য।।

কিন্তু তিব্বত!!! সে যে বহুদূর, হরি কি যেতে রাজি হবে??

যাই হোক তিব্বত যেতে তো বেশ ইচ্ছে করছে। গাছ পাই কি না পাই, বড় ব্যাপার নয়, বড় ব্যাপার একটা রোমাঞ্চকর অভিজ্ঞতা তো হবে।
দেখি হরি কে বলে।
"হরি,,,,,,এই হরি,,,,ঘুমিয়ে পড়লি নাকি?? হরি???,,,,,,"

মিনিট ২ ডাকাডাকির পর হরি এসে হাজির।
" বলো দাদাবাবু"
"কি করছিলিস?? এতক্ষন ধরে ডাকছি।"
" ওই রান্না ঘরে একটু কাজ করছিলাম"।
আমি একটু গম্ভীর ও রহস্যময় গলা করে জিজ্ঞেস করলাম " হরি, বলছি তিব্বত যাবি???"

হরি খানিক ভেবে নিয়ে উত্তর দিলো " তিব্বত?? হুম গেলেই হয়, তা কতদিন লাগবে যেতে আসতে,?? আর জায়গাটা কোথায়??? নাম শুনেছি বটে লোকের মুখে"।

আমি তেমনি গম্ভীর গলা করে বললাম " জায়গাটা কাছেই, চীনের কাছে, তবে চীন নয়। ভুটান পেরোলেই তিব্বত। পৃথিবীর সব চেয়ে উঁচু স্থান। তাই একে পৃথিবীর ছাদ বলে, বুঝলি?? আমরা প্লেনে যাবো, যেতে প্রায় ১৭ থেকে ২০ ঘন্টা লাগবে। দারুন জায়গা। চল"।

হরি প্রথমেই চীন কথাটা শুনে প্রায় আঁতকেই উঠেছিল। তারপর ভুটানের কথা শুনে একটু মনে বল পেল মনে হলো। তারপর মিনিট ৫ ভাবার পর বললো " ঠিক আছে। যাবো। কিন্তু...... কিন্তু ওখানে আবার কামিনী হানা দেবে না তো???"

ওর শেষের কথা শুনে আমি উচ্চ স্বরে হেসে উঠে বললাম " পাগল, কামিনীর অধ্যায় কবেই শেষ। ও আর ফিরবে না"।

কিন্তু আমার অদৃষ্টে যে কি লেখছিলো তা আমি তখনো জানিনা। সে এক ভয়ানক পরিণতি। ভাবলেই সমস্ত লোম এক সাথে খাড়া হয়ে যায়। শিরদাঁড়া দিয়ে বয়ে যায় ঠান্ডা রক্তের স্রোত। উফফ কি ভয়ঙ্কর।

যাই হোক আমি প্লেনের টিকিট কাটার ব্যবস্থা করতে লাগলাম। কিন্তু সমস্যা বাঁধলো অন্য জায়গায়, এই কয়েকদিন আগেই ঘুরে এসেছি। এখন কি ছুটি দেবে আমায়?? যদি না দেয়?? তবে তো সব স্বপ্নই শেষ। না না কিছু একটা করে তো ম্যানেজ করতেই হবে। এমন সুযোগ বারবার আসবে না।

তিব্বত, উফফ নাম টা শুনলেই উত্তেজনায় আমার সারা অঙ্গ প্রত্যঙ্গ জেগে ওঠে ,বলে যেতেই হবে।

পরের দু তিনদিনের মধ্যেই অফিস আমি ম্যানেজ করে নিলাম। প্রায় ১৫ দিনের লম্বা ছুটি। ছুটিটা পেলাম ও অদ্ভুত রকম ভাবেই। সত্যি বলতে কামিনীর জন্য আমার একটু নাম ডাক ও হয়েছে, লেখক হিসেবে নাম ডাক টা একটু বেশিই। সাথে হয়েছে ভুত খোঁজার মানুষ হিসেবে।
তবে সত্যি বলতে ভুত আমি খুঁজি না। কিন্তু ওই নাম হয়ে গেছে, তো যাই হোক এইসব কারণের জন্যই কোনো এক অদৃশ্য উপায়ে হোক বা কপালের জোরেই হোক ছুটি টা পেয়েই যাই।

এরপর আমার কাজ প্লেনের টিকিট বুক করা।
সেই কাজটাও ভালোয় ভালোয় মিটে গেল। পরশু দিন মানে শুক্রবার প্লেন। সকাল ৬.৩৬ এ। ইতিমধ্যেই হরি প্রায় সব জিনিসপত্র গুছিয়ে নিয়েছে। আমার কিছু পার্সোনাল জিনিস গুলো নিয়ে নিলাম।
শরীরে বেশ একটা রোমাঞ্চ আর উত্তেজনা অনুভব করছি। কিন্তু সমস্যা একটা। ওখানে গিয়ে থাকবো কোথায়? থাকার তো কোনো ব্যবস্থাই হয়নি। এই ভয় টা আমার মনের মধ্যে বার বার চেপে বসতে লাগলো।
নেট ঘেঁটে দেখলাম হোটেল অবশ্য আছে, তবে ফাঁকা পাবো কি??? দেখা যাক কি আছে কপালে।
মনটা আমার থেকে থেকেই কেমন একটা উতলা হয়ে উঠছে। হয়তো তিব্বতে সেই

রহস্যময় গাছের আবিষ্কারের জন্য।

কে বলতে পারে? হয়তো আমিই শ্রী অরুণ গাঙ্গুলি, ওই অমূল্য লুপ্তপ্রায় গাছটার সন্ধান পেয়ে গেলাম।

7

দ্বিতীয় পর্ব

আজ বৃহস্পতিবার, সমস্ত গোছগাছ শেষ। শরীরের উত্তেজনা লাফিয়ে লাফিয়ে বাড়ছে। সত্যি বলতে আগে কোনোদিন ও এত দূর যাত্রা করিনি। সেই কারণেও মনটা আরো বেশি উত্তেজিত।

যাই হোক আমি শুয়ে শুয়ে তিব্বতের বিষয়ে বিশদে পড়তে লাগলাম। যেকোনো নতুন জায়গায় যাওয়ার আগে তার বিষয়ে জানাটা ভীষণ জরুরি। না হলে হাতড়ে বেড়াতে হবে।
তিব্বতের সম্বন্ধে একটা বই কিনেছি, সেটাই ভালো করে চোখ বুলিয়ে নিচ্ছিলাম।

আয়তনে ১২,০০,০০০ বর্গকিলোমিটার (৪,৬০,০০০ মাঃ) অঞ্চল নিয়ে তিব্বত স্বায়ত্তশাসিত অঞ্চল চীনের জিংজিয়াং অঞ্চলের পর দ্বিতীয় সর্ববৃহৎ অঞ্চল, পার্বত্য এবং দুর্গম পরিবেশের অঞ্চল হওয়ার জন্য চীনের সবচেয়ে কম ঘনবসতিপূর্ণ প্রশাসনিক অঞ্চল।

তিব্বত স্বায়ত্তশাসিত অঞ্চল পৃথিবীর সর্বোচ্ছ স্থান তিব্বতীয় মালভূমিতেতে অবস্থিত। নেপালের সাথে তিব্বত সীমান্তে মাউন্ট এভারেস্ট অবস্থিত।

তিব্বতের তখন প্রধান আকর্ষণ ছিল লাসায় অবস্থিত পোতালা প্রসাদ, এছাড়াও আরো অনেক আকর্ষণীয় স্থানের মধ্যে রয়েছে- জোখাং মন্দির, নামতসু হ্রদ, এবং তাশিলহুনপ আশ্রম।
এমন অনেক নতুন নতুন তথ্য জানার সুযোগ হয় আমার।

সমুদ্র পৃষ্ট থেকে ৪৪৩৬ মিটার উচ্চতার নাজ্ঞু দাগ্রিং বিমানবন্দর হচ্ছে ২০১৪ সালে

পৃথিবীর সবথেকে উঁচু বিমানবন্দর

যত পড়ছিলাম, তত বেশি আকর্ষিত হচ্ছিলাম তিব্বতের প্রতি। দারুন জায়গা। তার সাথে রঙিন ছবি আমার ওখানে যাওয়ার বাসনা আরো আরো তীব্র করে দিল। মনে হচ্ছিল না গেলে হয়তো আমার জীবনটাই বৃথা।

রাতের খাবার শেষ করে যেহেতু একটু শুয়ে বই পড়ছিলাম, তাই কখন যে পড়তে পড়তে ঘুমিয়েই পড়েছি, একদমই খেয়াল নেই।
হঠাৎ মনে হলো কেউ আমায় ডাকছে, আমার খুব কাছ থেকে। অরুণ,,,,,,অরুণ,,,,। কি সুরেলা সেই ডাক। অগ্রাহ্য করাই যায়না। আমি পাশ ফিরে চোখ খুলে দেখলাম, কই কেউ তো নেই। তাহলে আমি কি ভুল শুনলাম???
যাক গে হবে হয়তো। উফফ গলা শুকিয়ে গেছে, তাই ভাবলাম যাই একটু জল খেয়েনি। কিন্তু যেই উঠতে গেলাম আমি পারলাম না। কেন?? পারলাম না?? হাত পা মনে হচ্ছে কেউ আষ্টে পিষ্টে বেঁধে দিয়ে রেখেছে। কি হলো?? চিৎকার করে যে হরি কে ডাকবো সেই শক্তি টুকুও নেই। গলা তো আগেই শুকিয়ে কাঠ হয়েছে।
এবার আমার সারা শরীর ঘামতে শুরু করেছে। দরদর করে ঘামছি।
হঠাৎ দেখলাম একটা সরু দড়ির মতন কিছু একটা আমার পা বেয়ে ধীরে ধীরে এগিয়ে আসছে উপরে। তারপর আমায় সম্পূর্ণ চমকে দিয়ে সেই সরু দড়ির মতন জিনিস আমার গলায় ফাঁস হয়ে জড়িয়ে গেল।
আমি ছটফট করতে লাগলাম, কিন্তু কিন্তু তাতে বিশেষ কিছুই হলো না। না আমি হাত নাড়াতে পারছি, না পা। আহ,,,,, গলায় কি যন্ত্রনা। শিরদাঁড়া বেয়ে হিম শীতল রক্তের স্রোত বয়ে গেল। দড়ি টা আরো,,, আরো শক্ত হয়ে বসতে লাগলো আমার গলার মধ্যে। আমার মাথার বুদ্ধি সব লোপ পেল, কি করবো কিছুই বুঝতে পারছিলাম না। কেন হচ্ছে এটা সেটাও বুঝতে পারলাম না।
খালি বুঝতে পারছি আমি আর ভালো করে নিশ্বাস নিতে পারছিনা, কেমন যেন বন্ধ হয়ে আসছে। চোখে অন্ধকার নামছে ধীরে ধীরে। আহ,,, আহ কি যন্ত্রনা। ব্যথায় কঁকিয়ে উঠলাম, কিন্তু আওয়াজ বেরোনো বারণ। নিঃশব্দে সব কিছু হচ্ছে। আমি বেশ বুঝতে পারছি, আমি নিঃশব্দে মরবো, কেউ জানতেই পারবে না।
কিন্তু প্রত্যেকটা মানুষ দেওয়ালে পিঠ ঠেকলে শেষ চেষ্টা তো করেই, আমিও তাই করলাম। শেষ চেষ্টা। সমস্ত শক্তি দিয়ে সেই বাঁধন ছিন্ন বিচ্ছিন্ন করার একটা চেষ্টা করলাম। আঃ।।।।আঃ আরো জোরে আরো জোরে। উফফ।

ধরফড়িয়ে উঠে বসলাম বিছানায়। গলায় হাত দিলাম, কোথায় কি?? হাত পা দেখলাম। নেই তো কিছুই নেই। কোনো দড়ি নেই, কিছুই নেই। তার মানে কি আমি স্বপ্ন

দেখছিলাম??? এমন ভয়াবহ স্বপ্ন?? উফ কি ভয়ঙ্কর।

বিছানা থেকে নেমে আলো জ্বালিয়ে দেখলাম, ভোর ৪টে বাজতে যায়। যাই আর শুয়ে লাভ নেই। তৈরি হতে হবে। হরি কে ডাকি।
কিন্তু মন থেকে সেই বিভীষিকাময় স্বপ্নের রেশ কিন্তু রয়েই গেল। কিছু তেই মুছতে পারলাম না। আর কিছুতেই বুঝতেও পারলাম না এমন স্বপ্ন কেন দেখলাম??

যাই হোক এই বিষয় নিয়ে আর মাথা ঘামালাম না। হরি কে তুলে আমি চলে গেলাম রেডি হতে। মোটামুটি ৪৫ মিনিটের মধ্যে দুজনে রেডি হয়ে বেরিয়ে পড়লাম, নতুনের সন্ধানে। নতুন দেশ, নতুন জীবন ধারা। মন টা আনন্দে পুলকিত হয়ে উঠলো, মন থেকে মুছে গেল সেই বিভীষিকাময় স্বপ্নের রেশ।

কিন্তু আমি তখনও জানতাম না আমার সামনে কত বড় বিপদ ফাঁদ পেতে বসে আছে আমারই অপেক্ষায়।

প্লেন ছাড়ার ১.৩০ ঘন্টা আগেই পৌঁছে গেছিলাম বিমান বন্দরে। তারপর বাকি যা যা নিয়ম আছে সবটা পালন করে চড়ে বসলাম বিমানে। সত্যি বলতে আমার আর হরির এই প্রথম বিমান যাত্রা। হরি তো ভয়ে কুঁকড়ে গেছে। ওকে কতবার বলছি নরমাল বসতে, ও তাও বলে যাচ্ছে " দাদা বাবু, আর মনে হয় দেখা হবে না তোমার সাথে, এই আমার শেষ যাত্রা... মা গো,...।। মা দেখো...। ইত্যাদি।।ইত্যাদি।"

বিমান রান ওয়ে ধরে দৌড়োতে শুরু করল, তখন হরির অবস্থা দেখে আমার নিজেরই হাসি পেয়ে গেছে, বাবা একজন যে এত ভিতু হতে পারে, কে জানে??

বিমান আকাশে ভাসার পর যখন মোটামুটি ঝাঁকুনি টা কম হল, তখন দেখলাম হরি কাছিমের মতন খোলস ছেড়ে ধীরে ধীরে স্বাভাবিক অবস্থায় ফিরছে। আমি হেসে বললাম " হরি, একি...। তুই যে বেঁচে আছিস??"

হরি রেগে বলল " ঠাট্টা করো না দাদাবাবু...। এমনিতেই আমার হাত পা ভয়ে ঠাণ্ডা হয়ে গেছে। হৃদপিণ্ড বেরিয়ে আসবে প্রায় গলা দিয়ে"...
আমি আশ্বাস দিয়ে বললাম " আর কিছু হবে না, শান্ত হয়ে বস...।।"

শেষ পর্যন্ত একটা স্বপ্ন সফল হল, চলেছি সুদুর তিব্বতে...। বেশ রোমাঞ্চকর লাগছে পুরো বিষয় টা...।

প্রায় ১ ঘন্টা কেটে গেছে...। হরি জানলা দিয়ে বাইরের দৃশ্য উপভোগ করছে, আর আমি বই পড়ছি, তিব্বতের সেই বইটা। বেশ আকর্ষণীয় আর রোমাঞ্চকর ইতিহাস।

এমন সময় হরি জিজ্ঞেস করল " আচ্ছা দাদাবাবু, আমি তো শুনেছি তিব্বত চিনে?? তাই না??
আমি বললাম " হুম ঠিকই শুনেছিলিস তবে, এটা অর্ধ সত্য...।"

"তার মানে??"

আমি বই টা বন্ধ করে ইতিহাস বলতে শুরু করলাম " ১৯১১ খ্রিষ্টাব্দে চিং রাজবংশের পতন হলে চীনের নতুন সরকার তিব্বতের দিকে নজর দিতে ব্যর্থ হন।এই সময় তিব্বতীরা বিদ্রোহ ঘোষণা করে পুনরায় তিব্বতের অধিকার কেড়ে নিতে সক্ষম হন। ১৯১২ খ্রিষ্টাব্দে ত্রয়োদশ দলাই লামা ভারত থেকে যাত্রা করে

লাসা শহরে প্রবেশ করে ১২ই ফেব্রুয়ারী চীনের সঙ্গে সমস্ত সম্পর্ক ছিন্ন করে তিব্বতকে একটি স্বাধীন রাষ্ট্র হিসেবে ঘোষণা করেন। এই ঘোষণার পরিপ্রেক্ষিতে তিব্বতে অবস্থিত সমস্ত চীনা সৈন্যদের তিব্বত
ছেড়ে চলে যাওয়ার নির্দেশ দেওয়া হয়। ১৯১৩ খ্রিষ্টাব্দে ত্রয়োদশ দলাই লামার ঘনিষ্ঠ আগভান দোর্জিয়েভ ও দুইজন তিব্বতী প্রতিনিধি উর্গা শহরে মঙ্গোলিয়া ও তিব্বত সরকারের মধ্যে মৈত্রী চুক্তি স্বাক্ষর করেন। এই চুক্তির মাধ্যমে তিব্বত ও মঙ্গোলিয়া উভয় রাষ্ট্র একে অপরকে স্বীকৃতি প্রদান করে।"

হরি অবাক হয়ে আমার কথা শুনছিল। আমি বলে চললাম । ওর চোখে দেখলাম অবাক বিস্ময়। আমি জিজ্ঞেস করলাম " বলতো তিব্বতের রাজধানীর নাম কি??"

ও খানিক মাথা চুলকে বলল " জানি না...।।"

আমি বললাম " লাসা, যেখানে আমরা থাকবো, ওটাই তিব্বতের রাজধানী।
লাসা পৃথিবীর উচ্চতম শহরগুলোর একটি, সমুদ্র তল থেকে প্রায় ১১,৪৫০ ফুট (৩,৪৯০ মিটার) উঁচুতে। সপ্তদশ শতকের মাঝামাঝি থেকেই লাসা ছিল তিব্বতের রাজধানী। তিব্বতী বৌদ্ধ ধর্মের পবিত্র অনেকগুলো স্থান এখানে অবস্থিত যার মাঝে আছে পোটালা প্রাসাদ, জোখাং মন্দির, নরবুলিংকা প্রাসাদ সমূহ ইত্যাদি। তিব্বতের বৌদ্ধদের জীবন্ত ঈশ্বরনামে খ্যাত আগের দালাই লামার নগরী লাসার নামের অর্থ 'দেবতাদের ভূমি' ।

১৬৪৫ সালে পঞ্চম দালাই লামা নির্মাণ করেন পোটালা প্রাসাদ। পর্যটকদের কাছে আকর্ষণীয় একটি জায়গা হলো এই প্রাসাদ যেখানে রয়েছে ১৩টি তলা, প্রায় ১,০০০ কক্ষ, ১০,০০০ মঠ এবং ২ লাখ মূর্তি। মার্পো রি বা রেড হিলের চূড়ায় ৩৮৪ ফুট উঁচু এ প্রাসাদ উপত্যকা ভূমি থেকে প্রায় ১,০০০ ফুট উঁচু।"

ওর মুখ হা হয়ে গেছে, আমি বললাম " মুখ বন্ধ কর পোকা ঢুকে যাবে।"
ওর মুখ তখনও হা। আমি বললাম " জানিস তিব্বত কে নিষিদ্ধ দেশ বলা হয়"

ও ভয়ে আমতা আমতা করে জিজ্ঞেস করল কেন??

আমি বললাম " ব্ল্যাক ম্যাজিকের জন্য...। ওখানে সবাই এই সব তন্ত্র সাধনায় সিদ্ধ।"

৪

তৃতীয় পর্ব

হরির চোখ আরো গোল আর বড় হয়ে গেল। ও খানিক ভেবলার মতন আমার দিকে তাকিয়ে থেকে হঠাৎ করে মাথা ঝাঁকিয়ে কেমন একটা ভীত সন্ত্রস্ত হয়ে জিজ্ঞেস করলো " ব্ল্যাক ম্যাজিক কি??? কি হয়ে ওটা দিয়ে???"

আমি গম্ভীর ভাবে বললাম " ব্ল্যাক ম্যাজিক হলো কালো যাদু বিদ্যা। যার সাহায্যে কোনো মানুষ কে বশ অথবা মেরে ফেলাও যায়। "

হরি ভয়ে ঢোক গিললো। তারপর বেশ আস্তে আস্তে বললো " দাদাবাবু, আমি বাড়ি যাবো। আমার মন বড্ড কু ডাকছে। এখানেও কিছু একটা হতে চলেছে। "।

আমি হেসে বললাম "ধুর পাগল এত ভয় পাস না"।

তারপর আমার আর হরির মধ্যে আর তেমন কোনো কথা হয়নি। ও বাইরের দৃশ্য দেখতে দেখতে ঘুমিয়েই পড়েছিল। তাই আমি আর ওকে জাগাই নি।
এই ফাঁকে আমিও একটু চোখ বুজে বিশ্রাম করে নিলাম।

সময়ের ঠিক আন্দাজ নেই, হঠাৎই একটা জোরে ঝাঁকুনি অনুভব করি।
আর তাতেই আমি জেগে উঠি। উঠে দেখি কেউ নেই। বুক টা আমার ভয়ে ধড়াস করে ওঠে। মনে হচ্ছিল হৃদপিন্ডটা আমার সমস্ত নাড়ি ভুঁড়ি ছিঁড়ে শরীরের বাইরে বেরিয়ে আসবে।
কিছুক্ষন পর আবার প্রবল ঝাঁকুনি। তারপর ঘটলো রক্ত হিম করা এক ভয়ংকর ও ভয়ানক ঘটনা।

আমি সিট ছেড়ে বাইরে এসে সবাইকে ডাকাডাকি করতে থাকি। কিন্তু কোনো সাড়া নেই। কোথাও। কেবল হাওয়ার শোঁ শোঁ শব্দ কোথা থেকে যেন কানে ভেসে এলো। আমি চিৎকার করে হরি কে ডাকলাম।
কিন্তু কই হরি?? কেউ কোথাও নেই। পুরো বিমানে কেবল একমাত্র আমি,,, আমিই যাত্রী। আর কেউ নেই। কোথায় গেল সবাই?? আর হরিই বা কই?

সত্যি বলতে এতটা ভয় আমি কোনদিন ও পাইনি। বুঝতে পারছিলাম হাত পা আমার ধীরে ধীরে অবশ হয়ে আসছে। আমি দাঁড়াতে পারছি না। টলছে,,,, পা দু খানা টলছে।

আমি একটা সিট আঁকড়ে ধরলাম। আর ঠিক সেই মুহূর্তে আমায় ভীষণ মাত্রায় চমকে দিয়ে বিমান টা উল্টে সোজা নিচের দিকে নামতে শুরু করেছে।

আমি সমানে চিৎকার করে বলছি বাঁচাও বাঁচাও, কিন্তু কেউ কোথাও ছিল না আমায় বাঁচানোর মতন।
আমি আর নিজেকে ঠিক রাখতে পারলাম না। জ্ঞান হারিয়ে পড়ে গেলাম সিটের উপর।

আচমকা, আমার খুব পাস থেকে হরির গলা শুনতে পেলাম। হরি ডাকছে " দাদাবাবু, কি হলো তোমার?? এমন করছো কেন?? কি হলো??"

আমি চোখ খুললাম। দেখি সামনে হরি আর দুজন লোক আমার উপর ঝুঁকে কি যেন দেখার চেষ্টা করছে। আমায় চোখ মেলতে দেখে ওরা নিজেদের মধ্যে বলাবলি শুরু করেছে। আমি হরির দিকে তাকিয়ে জিজ্ঞেস করলাম " হরি আমি কোথায়??"

আমার এমন প্রশ্ন শুনে হরি তো অবাক। ওর মুখ ভয়ে কাঁদো কাঁদো হয়ে এসেছে। ও কম্পিত কন্ঠে বললো " তুমি তো বিমানে। আমরা সবাই বিমানে। তিব্বতে যাচ্ছি যে। তুমিই তো নিয়ে যাচ্ছ।"

কেমন যেন সব কিছু গুলিয়ে যাচ্ছিল আমার। আমি চোখ বন্ধ করে থাকলাম কিছুক্ষন। ধীরেধীরে লোক গুলো সরে গেল।
কিছুক্ষন পর ফের চোখ খুলে তাকালাম হরির দিকে, আস্তে আস্তে সব পরিস্কার হচ্ছে আমার কাছে। আমি হরিকে জিজ্ঞেস করলাম " হরি, এই প্লেন উল্টে যায়নি??"

হরির তখন আরেক অবস্থা, আমার এমন অবস্থা দেখে সেতো ভয়ে সিটিয়ে গেছে। হরি বললো " না তো"।

তারপর বুঝলাম, আমি স্বপ্ন দেখেছি। এমন ভয়ানক স্বপ্ন যে আমার আর একটু হলেই আত্মারাম খাঁচা ছেড়ে পালিয়ে যেত।
সেই বীভৎস ঘটনা আমায় নাড়িয়ে দিয়েছিল। আমি কেন দেখলাম ঠিক ঠাহর করতে পারছিলাম না। স্বপ্ন সবাই দেখে, এমন ভয়ঙ্কর স্বপ্ন ও লোকে দেখে, কিন্তু আমার ভয় অন্য জায়গায়। আমি দু বার এমন ভয়ানক আর ভয়ঙ্কর স্বপ্নের সম্মুখীন হলাম কেন? আমি কিছুতেই বুঝে উঠতে পারলাম না। এটা কি নিছকই স্বপ্ন নাকি ভবিষ্যতের কোনো খারাপ ইঙ্গিত??

আর ভাবতে পারছিনা। একটু বিশ্রাম নেওয়া দরকার।
এরপর আর কোনো ঘটনা ঘটলো না। আমরা নিরাপদে পৌছালাম, লাসা গঙ্গার বিমানবন্দরে।

বাইরে বেরিয়ে চোখ ধাঁধিয়ে গেল আমার। হরির ও ঠিক আমার মতন অবস্থা। কি দারুন জায়গা। চারী দিকে আলো আর আলো। ঘড়ির দিকে তাকিয়ে দেখি, রাত ১২টা বাজে। তাপমাত্রা প্রায় ১২ ডিগ্রি, আমার ফোন অনুযায়ী।
এমন জায়গা দেখার যে সৌভাগ্য আমার এই জনমে হবে, তা আমি সত্যিই ভাবতে পারিনি।
হরি এমন সৌন্দর্যে মুগ্ধ হয়ে আমার হাত টেনে বললো " দাদাবাবু, এখানে কামিনী আসবে না তো?? এতো ভালো জায়গা একটু আনন্দে কাটাতে চাই।"

আমি হো হো করে হেসে উঠলাম। হঠাৎ দেখলাম, দু তিনজন লোক আমাদের দিকে এগিয়ে আসছে, বোধ হয় ড্রাইভার।
এসে কি সব ভাষায় কথা বললো, আমি কিছুই বুঝতে পারলাম না। তারপর ইংরেজি তে বলতে ওরা বোধহয় বুঝলো। তারপর একজনের গাড়ি করে আমরা রওনা দিলাম। মনে মনে ভগবানের নাম জপ করছিলাম, যেন একটা ভালো হোটেল পেয়ে যাই।

আর হলো ও তাই। ড্রাইভার টি আমাদের একটা দারুন হোটেলের সামনে এনে হাজির করলো। হোটেলের নাম "The Great Lasa" ।
ড্রাইভার আগে নেমে গিয়ে কি যেন একটা কথা বলে এলো হোটেলের একটা লোকের সাথে। তারপর আমাদের মাল পত্র নিয়ে বললো "আসুন, সব ব্যবস্থা হয়ে গেছে"।

যদিও কথোপকথন ইরেজিতে হয়েছিল, আমি এখানে সুবিধার জন্য সব বাংলাতেই দিলাম।

আমিও ড্রাইভারের পিছু পিছু চললাম, সাথে হরি। হোটেলের দারোয়ান আমাদের স্বাগত জানালো। ভিতরে গেলাম, বাপরে কত বড় হোটেল। দেখেই তো চোখ ছানা বড়া হয়ে গেল আমার। দারুন সত্যি।
হরিও ঠিক আমার মতনই ভারী অবাক হয়ে গেছে। ওরা আমাদের দুটো ঘর ঠিক করেদিল। একটায় আমি, আর একটায় হরি।
ঘরে ঢুকে তো আরো তাজ্জব বনে গেলাম। এ যে 5 স্টার হোটেলের মতন ব্যবস্থা। কি নেই তাতে??

উফফ অনেক ধকল গেছে। আমি হরিকে বললাম " হরি খুব ক্লান্ত লাগছে, তুই কি কিছু খাবি?? আমি কিছু খাবো না। আমার পেট ভর্তি। আমি এখন একটু ঘুমাবো।"
হরি বললো " না না, আমিও খাবো না, প্রায় ১.৩০ টা বাজতে যায়। খিদেও নেই। আমি ও যাই ঘুমোতে"।
আমি মাথা নাড়লাম। তারপর আমার ব্যাগ পত্র একটা জায়গায় রেখে বিছানায় গা এলিয়ে দিলাম। উফফ কি তুলতুলে নরম বিছানা। শুতেই ঘুমে চোখ জুড়িয়ে এলো আমার।

হঠাৎ আমার গালে একটা হাতের স্পর্শে ঘুম ভেঙে গেল। ধর ফড়িয়ে উঠে বসলাম। ঘর পুরোটা অন্ধকার নয়। নাইট লাম্প জ্বলছে। সেই আলো ও বেশ তীব্র, সেই আলোতে আমি কিছুই দেখতে পেলাম না। তবে কি মনের ভুল।
আচমকাই একটা ঠান্ডা হাওয়ার স্রোত আমার বাম গাল বেয়ে পিছনের দিকে সরে গেল।

আমি পিছন ফিরলাম, কই?? কেই নেই। উফফ কি যে হচ্ছে কিছু বুঝতে পারছিনা। নতুন জায়গায় এসেও কি শান্তি নেই?? আমি কাঁপা কাঁপা গলায় জিজ্ঞেস করলাম "কে??? কে ??"
কোনো সাড়া নেই। সত্যি তো ঘরে কেউ কোথাও নেই , পুরো ফাঁকা ঘর। কিন্তু ঠান্ডা হাওয়া টা এলো কোথা থেকে?
আমি চারিদিকে চেয়ে দেখলাম। দেখেই বুকটা ধড়াস করে উঠলো। সব দরজা জানালা যে বন্ধ। তবে??

হাত ঘড়ির দিকে তাকিয়ে দেখলাম, ৩টে বাজতে যায়। প্রায় মিনিট ১০ অপেক্ষা করার পর যখন আমি কিছুই দেখতে পেলাম না, তখন পুরোটাই মনের ভুল ধরে নিয়ে আমি শুতে গেলাম।

কিন্তু শুতে যাওয়া যে আমার আর হলোই না। আমার ডান পাশে দরজার দিকে চোখ

যেতেই গলা শুকিয়ে গেল। "ওটা কি?? কি ওটা?? ওই ভাবে বাড়ছে কেন?? কি ওটা??"

একটা নিকষ কালো ধোঁয়ার কুন্ডলি পাকছে আমার দরজার কাছে। সেটা ধীরে ধীরে একবার ছোটো হচ্ছে, একবার বড় হচ্ছে। এইসব কি দেখছি আমি?? চোখ ভালো করে ঘসেও সেই কুণ্ডলীকে আমার চোখের আড়াল করতে পারলাম না।

গলা শুকনোর সাথে সাথে আমার রক্ত ও হিম হয়ে গেল। সেই ধোঁয়ার কুন্ডলি হঠাৎই একটা ভয়ঙ্কর বিশাল চেহারা ধারণ করলো।
মনে হচ্ছিল আমার হৃদপিন্ডটা এইবার বুঝি খুলে বেরিয়ে আসবে। আমি বাইরের থেকেই আমার হৃদপিণ্ডের ধক ধক শব্দ স্পষ্ট শুনতে পাচ্ছিলাম।

তারপর আচমকাই আমায় সম্পূর্ণ ভাবে চমকে দিয়ে সেই ধোঁয়ার কুন্ডলি পাক খেতে খেতে সোজা ভেসে এলো আমার দিকে। ঠিক,,, ঠিক আমার মুখের সামনে। তারপর,,,,,,,,,,

৭
চতুর্থ পর্ব

এমন বীভৎস আর ভয়ানক ঘটনা দেখে আমার প্রায় জ্ঞান হারানোর মতন অবস্থা। ধীরে ধীরে মনে হতে লাগলো আমার চোখ ঘুমে ঢলে আসছে। চারিদিকে অন্ধকার নামছে। আমি আর কিছুই দেখতে পারছিনা। সব ঝাপসা।। সব।

তারপর আর কিছুই মনে নেই। হরির ডাকা ডাকিতে যখন ঘুম ভাঙল, উঠে দেখি আমি বিছানায় উল্টো দিকে শুয়ে। রাতের ঘটনা মনে করার চেষ্টা করলাম বটে, কিন্তু পরিষ্কার কিছুই মনে পড়লো না। সব আবছা।
ঘড়িতে দেখি ৬টা বাজে। আমি বিছানা থেকে নেমে দরজা খুলে দিলাম। হরি ভিতরে এসে জিজ্ঞেস করলো " দাদাবাবু ঘুম হলো??? চা খাবে তো? আনবো?"

আমি চোখ কচলাতে কচলাতে বললাম " হুম হলো। আর চা এরাই দিয়ে যাবে, সময় মতন। তোকে করতে হবে না"। আমার কথা শেষ হওয়ার ঠিক ১০ সেকেন্ড পর দরজায় টোকা পড়লো। হরি গিয়ে দরজা খুলতেই দেখলো চা নিয়ে এসেছে।

আমি মুখ ধুয়ে এসে চা নিয়ে বসে ভাবতে লাগলাম এর পর কি করবো? কি ভাবে এগোব? ঠিক কোথায় গেলে লাভবান হবো?
ঠিক মাথায় আসছিল না। তারপর অনেক ভেবে চিন্তে ঠিক করলাম পোটলা প্রসাদেই প্রথম যাবো। চা থাওয়া শেষ করেই হরি কে বললাম " হরি তৈরি হয়ে নে, বেরোবো।"

হরি কোথায় জিজ্ঞেস করাতে আমি বললাম " চল, তারপর। সব আগে জেনে করবি কি??"।
চা খেয়ে ব্রেকফাস্ট করেই আমরা বেড়িয়ে পড়লাম পোটালা প্রাসাদের উদ্দেশ্যে।

জানি না কি আছে ভাগ্যে বা কি হতে চলেছে। তবে যাইহোক না কেন, একবার শেষ চেষ্টা তো করতেই হবে।
লাসা থেকে পোটলা প্রাসাদের দূরত্ব নেহাতই কম নয়। যেতে আমাদের লেগে গেল প্রায় ২ ঘন্টা।

প্রাসাদের সামনে পৌঁছেই আমাদের চোখ ছানা বড়া হয়ে গেল। সুবিশাল আর সুউচ্চ বৌদ্ধ মন্দির।
কিন্তু কিছুক্ষণ পরেই আমাদের ভুল ভাঙলো। এটা কোনো মন্দির নয়। এটা একটি জাদুঘর।
ভাবতেও কেমন একটা রোমাঞ্চ জাগে। ভবনটি 400 মিটার পূর্ব-পশ্চিমে এবং 350 মিটার উত্তর-দক্ষিণে 3 মিটারের মাপের পাথরের দেয়ালের সাথে রয়েছে।

আমরা ভিতরে প্রবেশ করলাম। ভিতরে প্রবেশ করেই আরো অবাক ও আশ্চর্য্য হয়ে গেলাম। কি সুন্দর ভেতরের কারুকার্য। এমন নিখুঁত আর সুন্দর যে তা লিখে বর্ণনা করা যায়না। ভিতরে একজন লোক ছিলেন যিনি সবাইকে গাইড করছিলেন, তাঁকে জিজ্ঞেস করে আমি যা তথ্য পেলাম তা শুনে যেমন অবাক হলাম তেমন একটা কথা বার বার মনে হতে লাগলো, এখানে আসা বৃথা হয়নি আমার।
এই প্রাসাদে রয়েছে 1,000 কক্ষ, 10,000 টির তলা এবং প্রায় 200,000 মূর্তি রয়েছে।

লোকটির নাম ইয়াং চি। লোকটির থেকে অনেক রকমের তথ্য পেলাম। আমার মনে হলো হয়তো এই লোকটাই পারে আমায় একটু হলেও সাহায্য করতে।

আমি জিজ্ঞেস করলাম " আপনি কত বছর আছেন এখানে??"

লোকটি স্থির নয়। কেবল হেঁটেই চলেছে। হেঁটে হেঁটেই উত্তর দিলো " জন্ম থেকেই। তা প্রায় বলতে পারেন ৪৫ বছর।"
আমি মৃদু স্বরে হুম বললাম। কারণ একটু বেশি আওয়াজেই তা প্রাসাদের ভিতর গমগম করছিল।

তারপর সেই মৃদু স্বরেই জিজ্ঞেস করলাম " আচ্ছা এখানে বৌদ্ধ মন্দির ঠিক কোথায় আছে বলতে পারবেন?"

"আছে তো, অনেক আছে। জোখানং মন্দির, তার মধ্যে অন্যতম। এখান থেকে মাইল খানেক পথ হবেই। আপনারা এখনই বেরোলে ঘন্টা খানেকের মধ্যেই পৌঁছে যাবেন।"

এই সব কথা বলে আমি আলাপ বাড়ানোর চেষ্টা করছিলাম যাতে আমার আসল উদ্দেশ্য একটু হলেও সফল হয়।
আরো দুই একটা প্রশ্নের পর আমি আসল প্রশ্ন টা করেই ফেললাম " শুনেছি তিব্বতের কোনো এক পাহাড়ের কোলে এমন একটা গাছ পাওয়া যায়, যার রস নাকি বার্ধক্য কমিয়ে দেয়??"

আমার প্রশ্ন শুনে লোকটির চোখ বিস্ফারিত হয়ে গেল। হঠাৎ করেই সুন্দর মার্জিত লোকটির ভোল সম্পূর্ণ বদলে গেল। ও হঠাৎ করেই রেগেমেগে আমাদের দিকে কটমট করে তাকিয়ে তিব্বতি ভাষায় কি একটা

যেন বললো, যা বুঝতে পারলাম না। তারপর ইংরেজি তে বললো " ভালো চান তো চলে যান। তিব্বতে এসেছেন মন্দির দেখুন, আনন্দ করুন। আর দেখা হয়ে গেলে ভালো মানুষের মতন বিদায় নিন।"
আমি আমার গলার স্বর অতিশয় শান্ত করে মিনতির স্বরে বললাম " দয়া করে বলুন। আমি আসলে গাছেদের নিয়ে চর্চা ও পড়াশুনো করি। সেখান থেকেই জানতে পারি। আমার জানাটা খুব দরকার। প্লিজ tell me ।প্লিজ"

লোকটি বড্ড একরোখা আর জেদি। কিছুতেই বলতে রাজি হলো না। শেষমেষ যখন আমি হাল ছেড়ে চলে যাওয়ার জন্য তৈরি হচ্ছি,এমন সময় লোকটি বলল " দেখুন আপনাদের দেখে ভদ্র ও নিরীহ বলেই মনে হয়। তাই বলছি এইসবের মধ্যে থাকবেন না। বেঘোরে প্রাণ হারাবেন। তাই বলছি চলে যান। ভালো থাকবেন।"

আমি বললাম " ঠিক আছে, চলে যাবো। কিন্তু যে উদ্দেশ্য নিয়ে আসা সেটা আমার পূর্ন হবে না। গাছ টার ইতিহাস আর তার সম্বন্ধে জানতে ভীষণ ইচ্ছে। সেটা যদি জানতে পারতাম তাহলে একটু হলেও মনের কৌতূহল মিটত।"

লোকটি বোধহয় বুঝেছিল আমি বদ্ধ পাগল। এমন পেছনে পড়া মানুষ বোধহয় আগে দেখেননি। শত বারণ সত্ত্বেও যখন আমি এত বেশি জেদাজেদি করছি তখন শেষ অবধি তাকে বলতেই হলো।

তিনি একটা বিরাট দীর্ঘশ্বাস ফেলে বলতে শুরু করলেন " আজ থেকে প্রায় ১০ বছর আগেও এই উদ্ভট গাছের সম্বন্ধে কেউ কিছুই জানতো না। হঠাৎ করেই একদিন একজন ব্রিটিশ বিজ্ঞানী এসে হাজির হন। তিনি ওই গাছপালা নিয়ে পরীক্ষা করতেন। তিনি

এখানে প্রায় বছর খানেক ছিলেন। তিনিই খুঁজতে খুঁজতে এমনি এক গাছের সন্ধান লাভ করেন। ও সেটা পরবর্তী কালে লামা কে জানান। লামা প্রথমে বিশ্বাস করতে চায়নি। কিন্তু সেই বিজ্ঞানী লামাকে সেই নির্দিষ্ট জায়গায় নিয়ে গিয়ে সেই গাছটার দর্শন করান। সাথে তার কথার প্রমান ও দেন। লামা ভীষণ ভাবে আনন্দিত ও আপ্লুত হয়ে যান। কিন্তু একটাই ভয় ছিল তখন এটা কোনো ভাবেই যেন বাজে লোকের হাতে না পড়ে , তা না হলে এটার অসৎ উদ্দেশ্যে ব্যবহার করা হবে। যা বিজ্ঞানী ও লামা কেউই চাননি।"

এতটা বলার পর একটু বিশ্রাম নিলেন লোকটি। তারপরে ফের বলতে শুরু করলেন " কিন্তু সেই সৌভাগ্য তাদের হয়নি। অদৃষ্টে অন্য কিছুই লেখাছিল। লামা ও বিজ্ঞানীর কথোপকথন একজন মানুষ শুনে নিয়েছিল। একদিন সে চুপি সারে সেই জায়গায় পৌঁছে সেই গাছের সবটা নেওয়ার চেষ্টা করে, কিন্তু সাফল্য পায়নি। তার কারণ বিজ্ঞানী আগে থেকেই ওখানে ঘাঁটি গেড়ে ওই গাছ টাকে নিয়ে নানান পরীক্ষা নিরীক্ষা চালাচ্ছিলো, যা ওই লোকটি জানতে পারেনি। লোকটি যখন সবটা নিতে যায় , তখনই বিজ্ঞানীর সাথে তার জোর বিবাদ হয়। বিজ্ঞানীটি লোকটিকে মারধর পর্যন্ত করে। লোকটি এমন অপমানিত হওয়ার পর, চলে যাওয়ার আগে একটা অভিশাপ দিয়ে গেছিল যে, এই গাছ যখন ও পায়নি, তখন আর জীবনে কেউ এই গাছ পাবেনা, সবাই মরবে। তারপর আচমকাই, বিজ্ঞানীকে অবাক করে দিয়ে উঁচু পাহাড় থেকে নিচে ঝাঁপ দেন। তারপর একটা বিকট আর্তনাদ। বিজ্ঞানীটি সব দেখে স্তব্ধ হয়ে যান।"

এতটুকু শোনার পর লোকটা থামলো। কিন্তু আমার কৌতূহল তখন চরমে। আমি জিজ্ঞেস করলাম " তারপর কি হলো বলুন"।

হরির ও একই অবস্থা। ও কান খাড়া করে লোকটির দিকে কৌতূহল ভরা চোখ নিয়ে তাকিয়ে আছে।
লোকটি বলল " তারপর,এইসব অবস্থা দেখে বিজ্ঞানীর মন ভেঙে যায়। একটা গাছের জন্য একটা মানুষের প্রাণ, কিছুতেই মেনে নিতে পারেননি। গাছটির অল্প একটু অংশ তুলে নিয়ে লামার সাথে দেখা

করে ফেরত চলে যান নিজের দেশে। কিছুদিন পর শুনেছিলাম, লোকটি ওই গাছটি তার ল্যাব এ ফোটানোর চেষ্টা করছে। তারপর আর কোনো খোঁজ পাইনি।

কিন্তু এদিকে কেমন করে যেন সেই গাছটার ব্যাপারে অনেকেই জেনে যায়। তারপর সেই গাছ খুঁজতে বা সংগ্রহ করতে অনেকেই ওই পাহাড়ে গেছে। কিন্তু আজ অবধি তাদের কেউই ফেরত আসেনি। তাই আপনাদের বলছি। আপনারা চলে যান দয়া করে। চলে

যান।"
এই বলেই লোকটি উঠে চলে যায়।
সব কথা শোনার পর হরির তো ভয়ঙ্কর অবস্থা। ও আমার হাত চেপে বললো " দাদা বাবু চলো। গাছ খুঁজে বেঘোরে প্রাণ আমি খোয়াতে রাজি নই। এখানে কিছুদিন ঘুরেই আমরা চলে যাবো।"

আমি সম্মতিসূচক শব্দ করে কেবল মাথা নাড়লাম।
আমার মাথার মধ্যে কেবল কি চলছে তা আমিই জানি। এতদূর এসে সফল না হয়েই ফেরত যাবো? তা কখনো হয় নাকি??

এইরকম অদম্য জেদই যে আমায় পরবর্তী দু দিনের মধ্যে মৃত্যুর দিকে ঠেলে দেবে ভাবিনি। তখনো আমি আমার ভবিষ্যৎ সম্পর্কে বিন্দুমাত্র ওয়াকিবহাল ছিলাম না। এখন মনে হয় যদি আমি আগে থেকেই আমার ভবিষ্যৎ জানতে পারতাম তবে হয়তো এমন বিরাট দুর্ঘটনা হতো না।

যাই হোক। আমরা সেদিনের মতন ঘোরা শেষ করে হোটেলে ফিরলাম।
কিন্তু আমার মন পড়ে ছিল সেই গাছের উপর। আমি হরিকে বললাম " হরি তুই থাক, আমি ঘন্টা থানেকের মধ্যেই ফিরে আসছি, একটু কাজ আছে।" হরি কিছু জিজ্ঞেস করার আগেই আমি বেরিয়ে গেলাম। তারপর গাড়ি নিয়ে সোজা সেই ইয়াং চি র বাড়ি। সন্ধ্যে গড়িয়ে রাত নেমেছে। ঘড়িতে তখন ৮ টা।
আশা করি লোকটির দেখা পাবো। ফেরার পথে ওনার বাড়ির ঠিকানা টা জেনে এসেছিলাম বুদ্ধি করে।

বেল বাজাতে একজন মাঝ বয়সি মহিলা দরজা খুলে দিলেন। আমি ইয়াং চির কথা বলতে উনি ভিতরের দিকে ইশারা করলেন। আমি ভিতরে গিয়ে দেখি লোকটি সোফায় বসে টিভি দেখছে, আমায় আসতে দেখে ভুত দেখার মতন চমকে উঠে বললেন " আপনি?? আবার কেন এসেছেন??"

আমি বললাম " দয়া করে জায়গাটার নাম বলে দিন, প্লিজ...।।"
আমার কাকুতিমিনতি তেও পাথর গলল না। তিনি ঝাঁঝিয়ে উঠে বললেন " আপনার কি প্রানের মায়া নেই?? আমি জানি না সেই জায়গা, আপনি চলে যান।"

কিন্তু আমিও ছাড়বার পাত্র নই। প্রায় আধ ঘন্টা লড়াইয়ের পর, তিনি ক্লান্ত হয়ে বললেন " তুমি জোখাং মন্দির চলে যাও। ওখানে যে লামা আছেন, তিনিই এক মাত্র জানেন এর

খোঁজ।"

আমার চোখ চকচক করে উঠলো।

10

পঞ্চম পর্ব

আমি মনে মনে বিড় বিড় করে বললাম " তবে জোখাং মন্দিরেই পাবো তার খোঁজ। বেশ তবে কাল সকালেই রওনা হতে হবে। হাতে বেশি সময় নেই। তবে ১৫ দিনের ছুটি নিয়ে এসেছি বটে, কিন্তু আমি ওতো সময় অপেক্ষা করতে রাজি নই। যদি তাড়াতাড়ি হয় তবে তাড়াতাড়িই ফিরবো। হ্যাঁ, একদম"।

এইসব ভাবতে ভাবতেই আমি বিদায় নিলাম লোকটির থেকে। তারপর বাইরে এসে একটা গাড়ি নিয়ে সোজা হোটেল।
মনে বেশ একটা আনন্দের লক্ষণ অনুভব করছি। উতলা মনটা একটু হলেও এখন শান্ত, তবে গাছটা স্বচক্ষে দেখার পর পুরোটাই শান্ত হবে।
এইসব আকাশ কুসুম চিন্তা করছি, এমন সময় একটা জোরে ব্রেক কষে থেমে গেল গাড়িটা। ড্রাইভার কে জিজ্ঞেস করাতে ড্রাইভার বললো গাড়ির নাকি ব্রেক ডাউন হয়েছে। আর এগোতে পারবে না। তাহলে উপায়? ফিরবো কিভাবে হোটেল??

তবে ড্রাইভার আশ্বস্ত করে বললো আর ১৫ মিনিটের রাস্তা, একদম সোজা। সামনেই হোটেল,হেঁটে যাওয়া যেতে পারে।

যাক শুনে তাও মনে একটু বল পেলাম। আমি দেরি না করে হাঁটতে শুরু করলাম। ঘড়ির দিকে তাকিয়ে দেখি রাত ১০টা বাজতে যায়। হরি একা আছে, কি যে করছে কে জানে?? নিশ্চই ভীষণ চিন্তা করছে। না না জলদি পা চালাই। আর ১০ মিনিটে পৌঁছাতেই হবে।

মিনিট ৫ হাঁটার পর আমার পা আচমকাই থমকে গেল। হঠাৎ করেই লক্ষ্য করলাম আমার চারিপাশ কেমন যেন থমথমে। জনমানব শুন্য। ব্যাপারটা বুঝতে পারলাম না।

এইতো কিছুক্ষন আগে রাস্তা ভর্তি লোক দেখলাম, কিন্তু এখন হঠাৎ কি হলো যে রাস্তা ফাঁকা। বুকের ভিতরটা ধুপ করে উঠলো। আমি রাস্তা গুলিয়ে ফেলিনি তো?? না তা কি করে হয়? আমায় তো সোজা যেতে বললো, আমিও তো তাই করলাম। তাহলে?? লোক গুলো গেল কই??

যাই হোক এইসব ভাবনা ঝেড়ে ফেলে যেই আমি হাটতে যাবো, ওমনি অনুভব করলাম আমার পা নড়ছে না। অনেক চেষ্টা করলাম, কিন্তু তাও নড়ছে না। হলো টা কি?

আচমকাই আমার চারপাশের পরিবেশ এক নিমেষে বদলে গেল, ঘনিয়ে এলো আরো আরো নিকষ কালো অন্ধকার। একদম থমথমে আর শান্ত পরিবেশ।
ইতিমধ্যেই ভয়ে আমার বুক অল্প দুরুদুরু করতে শুরু করেছে, তবে ভয় পেলে চলবে না, মন শক্ত করতেই হবে।

এমন সময় চারিদিক কাঁপিয়ে একটা কান ফাটানো চিৎকার শুনতে পেলাম। গলার স্বর পুরুষালি।
আমি চারিদিকে মুখ ঘোরালাম, কিন্তু নিকষ অন্ধকারের মাঝে কিছুই ঠাহর করতে পারলাম না।

যদিও আস্তে আস্তে এই অন্ধকারে আমার চোখ সয়ে যেতে লাগলো। কিন্তু আমি কাউকে দেখতে পেলাম না। তারপর হঠাৎই চারিদিক ওলটপালট পালট করে দিয়ে একটা তীব্র ঝড় ধেয়ে আসছে আমার দিকে। প্রবল তার শক্তি। সোঁ সোঁ করা তীব্র আওয়াজ।

কান ফাটানো সেই আওয়াজ। আমি কানে হাত চাপা দিলাম। তারপরেই ঘটলো একটা অভাবনীয় ঘটনা যা আমি কল্পনাও করতে পারিনা।

আচমকাই বিদ্যুতের ঝলকানিতে চমকে উঠলো চারিদিক। তারপর একটা অট্টহাসি। আমি দৌড়োনোর চেষ্টা করলাম, কিন্তু কোনো লাভ হলো না। পা আমার আটকে।

তারপর একটা কর্কশ গলায় শুনতে পেলাম কেউ আমায় বলছে " ফিরে যা,,, ফিরে যা। যদি বাঁচতে চাস তবে ফিরে যা। ভুল করেও জাসনা। তাহলে বেঘোরে প্রাণ হারাবি। ফিরে যা। যদি নিজের ভালো চাস"।

আওয়াজটা আসছিল, অন্ধকারের দিক থেকে। তাই কিছু দেখার ও উপায় নেই।
আমি চিৎকার করে জবাব দিলাম " না, আমি ফিরবো না। আমি এত সহজে হাল

ছাড়বো না। আমি একটি বার দেখতে চাই গাছ টাকে।"

সেই কর্কশ গলার স্বর এবার ঝাঁঝিয়ে উঠলো " শুনবি না তবে আমার কথা?? শুনবি না?? তবে মর মর মর।"

কথা শেষ হওয়ার পরমুহূর্তেই ঘটে গেল হাড় হিম করা ঘটনা। থর থর করে কেঁপে উঠলো মাটি। আমি টাল সামলাতে পারলাম না, পড়ে গেলাম মাটিতে।

সেই দুলুনির কি তীব্রতা। মনে হচ্ছিল পুরো পৃথিবী দুলে উঠেছে। তার সাথেই ক্রমশ হয়ে চলেছে বিদ্যুতের ঝলকানি।
তারপর আচমকাই আমায় সম্পূর্ণ ভাবে চমকে দিয়ে ঘটে গেল আরো এক অলৌকিক ঘটনা।

কেউ আমায় হঠাৎ করেই শুন্যে ভাসিয়ে দিলো। আমি চিৎকার করে উঠলাম, কিন্তু কিছু লাভ হলো না। শিরদাঁড়া বেয়ে ঠান্ডা রক্তের স্রোত বয়ে গেল আমার। তবে কি আজ ই আমার শেষ দিন? আজ ই ঘটবে মৃত্যু???

সেই অজ্ঞাত পরিচয়ের অদৃশ্য হাওয়া আমায় শুন্যে তুলে আছাড় মেরে ফেলেদিল মাটিতে।
আমি ব্যথায় আর্তনাদ করে উঠলাম।
তারপর বিস্ময়ের চোখে দেখলাম হঠাৎ করেই কোথা থেকে আরো একটা তীব্র হাওয়া এসে জুটেছে ওখানে। তার অবশ্য একটা অবয়ব আছে। তবে আমার তখন যা অবস্থা আমি কিছুই বুঝতে পারছিলাম না কি হচ্ছিল!!

হাওয়ার তীব্রতা আর শব্দ শুনে মনে হচ্ছিল যেন দুটো বিপরীত হাওয়ার মধ্যে তীব্র একটা যুদ্ধ লেগেছে। উফফ কি ভীষণ সেই যুদ্ধ। কেউ কাউকে ছাড়ছে না।

আমার মাথা হঠাৎ ঘুরতে শুরু করেছে, আমার জ্ঞান যেন মনে হচ্ছে আস্তে আস্তে লোপ পাচ্ছে।

জ্ঞান যখন ফিরলো, দেখলাম আমি রাস্তায় শুয়ে, চারিদিকে লোক জমেছে। একজন আমার চোখে জল দিচ্ছে, আর একজন বোধ হয় আমার হাত ধরে নাড়ি বোঝার চেষ্টা করছে।

আমি ধড় ফড়িয়ে আমি উঠে বসলাম। ওরা অবাক হয়ে তাকিয়ে আছে আমার দিকে। একজন লোক এগিয়ে এসে জিজ্ঞেস করলো কোথায় যাবেন? আমি হোটেলের নাম বললাম।।

তারপর ওরা আমায় ধরাধরি করে পৌঁছে দিলো হোটেলে।

হোটেলে ঢুকতেই দেখি সামনের বারান্দায় বসে হরি। চোখে তার ভয় আর দুশ্চিন্তা।

আমায় ফিরতে দেখে দৌড়ে এসে আমার হাত ধরলো।

" দাদা বাবু তোমার এই অবস্থা????"

আমি বললাম " ঘরে চল, সব বলবো।"

যারা আমায় ছাড়তে এসেছিল ওদের আশস্থ করে আমি হরি কে নিয়ে ঘরে প্রবেশ করলাম। ইতিমধ্যে হোটেলের আনাচে কানাচে আমায় নিয়ে বেশ একটা কানাঘুষো সৃষ্টি হয়েছে। যাই হোক ওগুলোতে আমার বিশেষ মন নেই।

ঘরে প্রবেশ করে বিছানায় বসতে গিয়েই কোমরে আর পায়ে তীব্র ব্যথা অনুভব করলাম। ব্যথায় মুখ থেকে আপনা হতেই আর্তনাদ বেরিয়ে এলো। হরি রীতিমতো ভয়ে পেয়ে গেছিল। ও ছলছল চোখে জিজ্ঞেস করলো " খুব লাগছে? তুমি শুয়ে পড়। আমি বরং ওই ভলিনি মালিশ করে দিচ্ছি, ভাগ্গিস এনেছিলাম।"

আমি বললাম " সেই ভালো।"কিন্তু মনে মনে একটা বিষয়ে বেশ ভয় লাগছিলো, কোমর ভেঙে যায়নি তো??

কাল বোধহয় ওখানে আর যাওয়া হবে না।

মন ভেঙে গেল আমার। তাহলে কি সত্যি আমার আর ওই গাছের দর্শন হবে না? আমি কি শেষমেষ ব্যর্থ হব?? না না কিছুতেই না।

সেই রাতে হরি মলম দিলো বটে তবে তেমন কোনো আরাম আমি পাইনি। পরেরদিন সকালে উঠতে গিয়েই টের পেলাম আঘাত বেশ ভালোই লেগেছে। শুয়ে থাকলে তেমন ব্যথা থাকেনা কিন্তু উঠতে গেলেই জীবন বেরিয়ে যায়।

আমি আর দেরি না করে ডাক্তারকে খবর দিলাম হোটেলের লোকেদের সাহায্যে।

আমার চোখে তখন ভয়। যেন কোমর না ভাঙে। আমায় যেতেই হবে ওখানে। মনে মনে ভগবানকে ডাকতে লাগলাম। কিছুক্ষনের মধ্যেই ডাক্তার এসে উপস্থিত হন। তিনি সব কিছু দেখে কোমরে হাত দিয়ে টিপে ব্যথার জায়গা বুঝে সব শেষে বলেন আঘাত বেশ ভালোই লেগেছে তবে হাড় ভাঙেনি। এটাই ভালো ব্যাপার। তবে এখুনি উঠতে পারবেন না। দিন পাঁচেক লাগবে ঠিক হতে।

আমার তো মাথায় হাত, তাও বাঁচোয়া ১৫ দিনের ছুটি আছে।
হরি তো তখন থেকেই একই কথা বলে যাচ্ছে যে ঠিক হলেই বাড়ি, ওই গাছ দেখে লাভ নেই। কিন্তু আমার যে জেদ চেপে গেছে। গাছ আমায় দেখতেই হবে।

দিন পাঁচেক পর যখন আমি নিজেকে একটু সুস্থ বোধ করতে লাগলাম, তখন আমি বিন্দুমাত্র সময় নষ্ট না করেই রওনা দিলাম জোখাং মন্দিরের উদ্দেশ্যে।

কোমরের ব্যথা প্রায় নেই বললেই চলে। তবে হালকা চিন চিন ভাব অনুভব হয় হাঁটলে। সেটা অগ্রাহ্য করাই যায় এমন দুর্লভ জিনিস আবিষ্কারের জন্য।

মন্দির পৌঁছেই আমি সোজা চলে গেলাম লামার উদ্দেশ্যে।
একজনকে জিজ্ঞেস করতে ও পথ দেখিয়ে দিল। মন্দিরের গায়ে লাগোয়া একটা ছোট্ট ঘরে লামার বাস।

আমি ওখানেই গেলাম। গিয়ে দেখি উনি ধ্যানে মগ্ন।
ওনার একজন শিষ্য আমায় ইশারা করে অপেক্ষা করতে বললেন।
মিনিট ২০ পর ওনার ধ্যান ভাঙলো।
ওনার ঘরের মধ্যে অচেনা আগন্তুক কে দেখেও তিনি বিন্দুমাত্র ঘাবড়ালেন না। তার শিষ্য কে বাইরে যাওয়ার নির্দেশ দিয়ে গুরু গম্ভীর গলায় বললেন " তুমি যা চাও, তা কখনোই সম্ভব নয়। তাতে ভীষণ বিপদ। জীবনহানির সম্ভাবনা প্রবল।"

আমি ওনার কথা শুনে চমকে উঠলাম। হরির চোখ ও গোল গোল হয়ে গেছে বিস্ময়ে।

আমি কম্পিত কণ্ঠে বললাম " আপনি জানেন??"

তিনি চোখ বন্ধ করে ঘাড় নাড়লেন । তারপর বললেন " যদি নিজের ভালো চাও তবে যেওনা। কিন্তু যদি জেদ ধরে থাকো তবে আমি তোমায় পথ বলে দেব। "

আমি খানিক ভেবে নিয়ে বললাম " জানি জীবনের অনেক ঝুঁকি আছে, কিন্তু আমি যেতে চাই। আমি একটি বার ই দর্শন করে চলে যাব। অনেক আশা আর স্বপ্ন নিয়ে আমি এতদূর এসেছি। জীবনের মোহ বা মায়া কোনটাই নেই। কারণ আমি একা কেউ নেই কেবল হরি ছাড়া। দয়া করে আমায় সুযোগ দিন। কেবল একটি বার দেখার। "

লামা খানিকক্ষণ চুপ থেকে বললেন " বেশ। আমি তোমায় পথ নির্দেশিকা দেব। তবে বৎস সাবধানে। ওখানে প্রতি পদে পদে বিপদ। আর অনেক খারাপ শক্তি না হলে বলে কৌশলে তোমায় আর তোমায় দৃষ্টি বিভ্রান্ত করার চেষ্টা করবে। তোমায় ভুল পথ নির্দেশ করবে। তাই সাবধান। আর এই গাছের শিকড় নাও। এ তোমায় কিছুটা হলেও রক্ষা করবে" বলে তিনি একটি গাছের শিকড় দিলেন আমার হাতে।।

তারপর আমরা দুজন ওখান থেকে বিদায় নিলাম।
কাল থেকে শুরু হবে আমাদের নতুন অভিযান।।

সেইদিন রাতে উত্তেজনায় তেমন ঘুমই এলো না। ভাবছিলাম কখন সকাল হবে?? আর কখন আমি সেই দুর্নিবার পাহাড় পেরিয়ে পৌঁছে যাবো সেই গাছের কাছে?
হরিকে বলে সমস্ত কিছু রেডি করে নিয়েছি। ভোর ভোর বেরোতে হবে। সূর্য ওঠার আগেই।

রাতের শেষ প্রহর। ঘড়িতে তখন ৩টে আর এক ঘন্টা পর ধীরে ধীরে সকাল , সময় নষ্ট না করেই আমি তৈরি হয়ে নিলাম। ঠান্ডা এখানে বেশ তীব্র। হরিকে ডেকে দিয়ে বললাম গরম গরম চা করে ফ্লাস্কে ঢেলে দিতে। রাস্তায় কাজে লাগবে।
তারপর চটপট রেডি হয়ে হরিকে নিয়ে বেরিয়ে পড়লাম রাস্তায়। আঁধার তখনো কাটেনি। তবে খুব শিগগিরই কাটবে আর সূর্যের প্রথম কিরণ এসে পড়বে।

রাস্তায় পৌঁছে দেখি গাড়ি দাঁড়িয়ে আছে, কিন্তু ড্রাইভার নেই। কি ব্যাপার? আগের দিন তো বলে দিলাম সময় টা, তাও দেরি?
নাহ দেরি করে লাভ নেই, একবার ফোনটা করে দেখি।
রিং হচ্ছে। বেশিক্ষন অপেক্ষা করতে হলো না,
"Hello,,,"

" আরে আমরা তো দাঁড়িয়ে। কোথায়??"

"ওহ।।হা আসছি। এই একটু চা খেতে এসেছিলাম। আসছি"।

যাক আসছে। ফোন রেখে হরির দিকে তাকালাম। হরি ভয়ে শুকিয়ে গেছে। "কিরে হরি??"
হরি শুকনো মুখে তাকালো আমার দিকে। কিছু বললো না।
হরির ভয়টা স্বাভাবিক। মিনিট ৫ এর মধ্যেই ড্রাইভার এসে উপস্থিত।

সময় নষ্ট না করেই আমরা বেরিয়ে পড়লাম। এখনো অন্ধকার কাটেনি। তবে খুব জলদি তা কেটে যাবে। মনে মনে আশা আছে সব অন্ধকার ই আজ কাটবে। গাড়ি ছুটছে দ্রুত গতিতে। জোথাং মন্দির পেরিয়ে আরো কিছুটা যাওয়ার পর একটা বাঁক পেলাম। তারপর ওটা পেরিয়ে গিয়ে রাস্তা খানিকটা চওড়া হয়ে ধীরে ধীরে উপরে উঠেছে। আমরা ওই রাস্তা ধরে কিছুটা ওঠার পর লামার কথা মতন একটা বিশেষ স্থানে গাড়িটি থামিয়ে নেমে পড়লাম।

ড্রাইভার কে বললাম " তুমি থাকো এখানে। নাকি তুমি চলে যাবে??"
ড্রাইভার খানিক ভেবে নিয়ে বললো " সাহেব আমি বরং আপনাদের সাথে যাই। কারণ এই জায়গা ভালো নয়। বিপদ প্রতি পদে পদে। তাই দেখুন বোর্ডে লেখা প্রবেশ নিষিদ্ধ। এই ভাবে আপনাদের বিপদে ফেলতে পারবো না। "

আমি ভাবলাম যাক ভালোই হবে। ৩জন গেলে একটু সাহস ই বাড়বে। গাড়ি কে দাঁড় করিয়ে আমরা ৩ জন গভীর জঙ্গলে প্রবেশ করলাম।

লামার প্রত্যেকটা কথা মাথার মধ্যে ম্যাপের মতন বসে গেছে। আমি চোখ বন্ধ করে তা একবার ভেবে নিয়ে জঙ্গলে ঢুকে ডান দিকে বেঁকে গিয়ে উপরে উঠতে লাগলাম।

প্রায় আধ ঘন্টা হাঁটার পর লামার কথা মতন ছোট্ট এক খানি টিলা দেখতে পেলাম। ওটাকে পেরিয়ে গেলে সামনে বাম দিকে পড়বে একটা ঝর্না। নাম তার রিছাং ঝর্না। সেটাকে পেরলেই সেই সু উচ্চ পাহাড়। তার কোলেই রয়েছে সেই আখাংকিত গাছটি।

আমরা টিলা পেরিয়ে এগিয়ে চললাম সামনের দিকে। হাত ঘড়ির দিকে তাকিয়ে দেখি ৪ টে বেজে গেছে। কিন্তু আশ্চর্যের বিষয় সূর্যের দেখা নেই। সূর্যের আলোর এক সিকি অংশ ও এই জঙ্গলে প্রবেশ করছে না, অথবা বলা ভালো প্রবেশ করতে পারছে না, তার কারন বোধ হয় এই গভীর অরণ্য আর সুবিশাল গাছের জন্য।

বেশ কিছুটা হাঁটার পর ও যখন কথা মতন সেই বাঁক খুঁজে পেলাম না, তখন বেশ সন্দেহ হল আমার। তবে কি রাস্তা হারিয়েছি।

আমি ওদের দুজন কে ডেকে দাড় করালাম। তারপর চোখ বন্ধ করে ভাবতে লাগলাম। কিন্তু না আমরা তো পথ ভুল করিনি, তবে বাঁক টা কোথায় ? এত ক্ষণে তো চলে আসার কথা।

এই সব ভাবছিলাম আচমকাই, হরি আমার হাত জাপটে ধরল, কাঁপতে কাঁপতে বলল " দাদা বাবু ওটা কি??" ওর হাত অনুসরন করে আমি তাকালাম আমাদের ঠিক সামনে।

একটা লম্বা মতন কিছু ধীরে ধীরে এগিয়ে আসছে আমাদের দিকেই। আমি কিছু বুঝে ওঠার আগেই ড্রাইভার আতঙ্কে চেঁচিয়ে উঠে বলল " সাহেব সাপ......।"

সাপ?? আমি ভালো করে দেখার জন্য একটু সামনের দিকে এগিয়ে গেলাম। তারপর যা দেখলাম তাতে এই শীতেও আমার সারা শরীর জুড়ে ঘাম ঝরতে শুরু করে দিল। এ কি দেখছি আমি?? এ তো সাধারন সাপ নয়।
প্রায় ১৫ ফুট লম্বা আর ৫ ফুট চওড়া এক সরীসৃপ দানব। হিস হিস শব্দ করে ঠিক আমাদের দিকেই এগিয়ে আসছে। আমার মাথার মধ্যে সমস্ত কিছু তাল গোল পাঁকতে শুরু করে দিয়েছে। হরি কাঁপছে, আমি ওর পাশে দাঁড়িয়ে স্পষ্ট অনুভব করলাম।

এই মুহূর্তে সাপ আর আমাদের মধ্যে দূরত্ব মাত্র ৩ ফুট। কিন্তু ঠিক কি করবো কিছুই বুঝতে পারছিনা। এমন সময় লামার একটা কথা বিদ্যুতের মতন আমার মাথায় খেলে গেল, তিনি বলেছিলেন অনেক অশুভ শক্তি তোমায় ভয় দেখাবে তোমার পথ বিভ্রান্ত করার চেষ্টা করবে, কিন্তু ভয় পেলে চলবে না। কারন ভয় পেলেই মৃত্যু অবশ্যম্ভাবী। ওরা চায় ভয়ে দেখিয়ে সমস্ত শুভ শক্তির বিনাশ করতে।

আমি আমার পকেট থেকে লামার দেওয়া সেই গাছের শিকড় বের করলুম, এত বড় আর মোটা সাপের সামনে মাত্র ১০ সেমির এই শিকড় কি করবে? মনে মনে হাসি পেলেও আমার এছাড়া আর কোনও উপায় ছিলনা।

কিন্তু এর পর যা হল আমি তার জন্য বিন্দুমাত্র প্রস্তুত ছিলাম না। হঠাৎ করেই আমার হাত ধরে থাকা শিকড় টি গরম হতে শুরু করল, আমি ওটাকে জাপটে ধরে রইলাম, কারন লামা বার বার বলেছিলেন কোনও অবস্থাতেই যেন আমি সেটা হাত ছাড়া না করি। তাই যতই গরম হোক আমি ছাড়লাম না।
তারপরেই ঘটলো একটা আলৌকীক ঘটনা, যার সাক্ষী রইলাম আমরা তিন জন আর এই গভীর অরণ্য।

লামার দেওয়া সেই শিকড় থেকে বেরিয়ে এলো বিদ্যুতের একটা তীব্র ঝলকানি, আমারা সবাই ভয়ে চোখ বুজলাম , তারপর শুনলাম কান ফাটানো একটা তীব্র আর্তনাদ।
তারপর সব চুপ। আমি ভয়ে ভয়ে চোখ খুলে তাকালাম সামনের দিকে। কোথায় সাপ?? কোথাও তো কিছুই নেই। সব ফাঁকা। আমার হাতে ধরা সেই শিকড় ও তার স্বাভাবিক

অবস্থায় ফিরে এসেছে।

আমি হরি আর ড্রাইভার কে ডাকলাম। ওরাও ভয়ে ভয়ে চোখ খুললো।
ড্রাইভার তো প্রথমে কিছুই বুঝতে পারলো না। ও অবাক হয়ে তাকিয়ে রইলো সামনের দিকে তারপর অস্ফুট স্বরে বললো " সাপ কই??"
আমি ওকে আশস্থ করে বললাম " সাপ নেই। এবার আমরা আমাদের গন্তব্যের দিকে এগিয়ে যাবো।"

আমি যেই এগোতে গেলাম ওমনি কেমন একটা খটকা লাগলো আমার মনে। মনে হচ্ছিল চারপাশের পরিবেশটা হঠাৎ করেই যেন কেমন একটা বদলে গেছে।

আমি ওদের কিছু বললাম না, কারণ পাছে ওরা ভয় পায়।
কিছুদূর এগোতেই সেই বাক আবিষ্কার করলাম। এই বার পুরো ব্যাপার চোখের সামনে স্পষ্ট হলো। কোনো অশুভ শক্তি আমাদের পথ বিভ্রান্ত করার চেষ্টা করছিল। যাই হোক আমরা বাঁক পেরিয়ে কিছুটা দূরে গিয়ে সেই ঝর্ণা টাও দেখতে পেলাম।

এবার আমার মনের মধ্যে একটু একটু করে আশার আলো প্রজ্বলিত হতে শুরু করলো।

আমি ড্রাইভার আর হরিকে থামিয়ে দিয়ে বললাম " এবার আমাদের লক্ষ্য সামনেই। কিন্তু যাওয়ার আগে একটা কথা বলে দি। ওখানে সমূহ বিপদ, প্রতি পদে পদে মৃত্যুর হাতছানি। তাই আমি একাই যাবো, তোমার এখানেই আমার জন্য অপেক্ষা করো।"

এমন কথার জন্য ওরা একদমই প্রস্তুত ছিল না। আমার কথা শুনেই হরি চেঁচিয়ে উঠে বললো " একদম না। আমি তোমায় একলা ছাড়তে পারবো না। আমিও যাবো। তুমি একা মৃত্যুর সাথে লড়ে এগিয়ে যাবে আর আমরা এখানে শান্ত হয়ে বসবো?? তাই কখনো হয়?? আমরা কেউ তোমায় ছাড়বো না।"

আমি অনেক বোঝানোর চেষ্টা করলাম, কিন্তু সব চেষ্টাই আমার বৃথা গেল। অতঃপর সবাই যাওয়াই ঠিক হলো। ইতিমধ্যে শরীর গরম করার জন্য একটু চা ও খেয়ে নিয়েছি।

মিনিট ১৫ বিশ্রাম করে ফের শুরু করলাম যাত্রা। হয়তো জীবনের এটা অন্তিম যাত্রা। কি জানি? কি আছে ভাগ্যে? এত বাঁধা সত্ত্বেও যাচ্ছি, জানি না কি হবে? আমি মরলে মরি, কিন্তু আমার জন্য এদের প্রাণ বিপদে পড়ুক আমি চাইনা।

ঝর্ণা পেরিয়ে উপস্থিত হলাম পাহাড়ের পাদ দেশে। অবশ্য রাস্তায় আর কোনো সমস্যার সম্মুখীন হয়নি।

লামা বলেছিলেন বার বার, যে ভয় পেলে সব শেষ, সব। পাহাড়ের পাদদেশে থেকে ৯০ পা হাঁটার পর দক্ষিণ দিকে গিয়ে ফের ৫০ পা উত্তরে গেলে একটা পাথর আছে, এই পাথরের ডান দিক ঘেঁষে আছে সেই অমূল্য গাছ। এত সোজা পথ, তবে কেন কেউ আবিস্কার করতে পারেনি?? এই প্রশ্ন বার বার মাথার মধ্যে ঘুরপাক খাচ্ছিল। তবে তার উত্তর পেতে খুব একটা দেরি হলো না।

আর তখনই বুঝেছিলাম কেন কেউ আর জীবন্ত ফিরতে পারে না।
উফফ কি বীভৎস সেই দৃশ্য। মনে করলেই সারা শরীর কেঁপে কেঁপে ওঠে।

আমরা ধীরে ধীরে পাহাড়ে উঠতে শুরু করলাম।

কিছুদূর ওঠার পর অনুভব করলাম এখানে জোঁকের উপদ্রোপ প্রবল। তাই ব্যাগ থেকে নুনের প্যাকেট টা বের করে ছেটাতে ছেটাতে এগোচ্ছিলাম।

এমন সময় হঠাৎ মনে হলো মাটি টা একবার কেঁপে উঠলো। আমরা সবাই একে অপরের মুখ চাওয়াচাওয়ি করলাম। কিন্তু কেউই ঠিক বুঝে উঠতে পারলাম না কি হলো।

তারপর ঘটলো এক বিরাট বিপদ। আমার দেখা আগের দিনের সেই কালো ছায়া মূর্তি এসে উপস্থিত।

সবাই ভয়ে থর থর করে কাঁপতে লাগলো। কি বীভৎস তার রূপ। মনে হচ্ছিল এই বুঝি সবাইকে ছিঁড়ে ছিঁড়ে খাবে।

আমি কিছু করার আগেই প্রবল এক হাওয়া আমাদের তিনজনকেই শুন্যে তুলে ফেলে দিলো। তারপর কর্কশ গলায় বলল " আমি বারণ করে ছিলাম তো। কেন এলি তবে এখানে?? কেন? এই দিন আজ তোদের জন্য শেষ দিন। কালকের সূর্য্য আর তোরা কেউ দেখতে পাবি না। কেউ না। মরবি মরবি সবাই মরবি।"

আমি কোনোরকমে উঠে দাঁড়িয়ে জিজ্ঞেস করলাম " কে তুমি?? কেন আমাদের পথ আটকাও??"

তারপর সেই বিকট কর্কশ কন্ঠের হাসি। উফ্ফ প্রাণ বের করে দেয়। তারপর আচমকা ঘটলো আরো একটা অবাক করে দেওয়া ঘটনা।

কোথা থেকে যেন একটা তীব্র হাওয়ার ঝাঁপটা এসে পড়লো আমাদের উপর। তারপর সব ওলট পালট হয়ে গেল এক নিমেষে। সামনের থাকা সেই ভয়ঙ্কর মূর্তি টাও কোথায় যেন অদৃশ্য হয়ে গেল। চোখের নিমেষে। তারপর দমকা হাওয়া যেমন আচমকা এসেছিল আবার চলেও গেল। আমরা কিছুই বুঝে উঠতে পারলাম না পুরো বিষয় টাই।

চোখের নিমেষে পুরো ব্যপার হয়ে যাওয়ার জন্য আমরা সবাই হতবাক। মনে মনে ভগবান কে ধন্যবাদ জানালাম। তারপর আবার উঠতে শুরু করলাম।

তারপর গুনে গুনে ৯০ পা হাঁটার পর ফিরলাম দক্ষিণ দিকে। সেখান থেকে গেলাম আরও ৫০ পা উত্তরে। লামার কথা অনুযায়ী একটা পাথর খুঁজে পেলাম।
আর সেই পাথরের গা ঘেঁসে দাঁড়িয়ে আছে সেই অমূল্য রতন। সেই গাছটা। আমাদের সবার চোখ আনন্দে ভরে উঠলো। এবার আমাদের আশা সত্যি পূর্ণ হবে। হরি বলল " দাদাবাবু এবার চলও, দেখা শেষ। চলও।"

আমিও মাথা নেড়ে সায় দিলাম। নেওয়ার যে লোভ হচ্ছিল না তা নয়। কিন্তু আমি লামা কে কথা দিয়েছি, দেখেই চলে যাবো।

কথা তো আমি রাখবোই। গাছ দেখে যেই না ফিরতে যাবো ওমনি ওই ড্রাইভার টা এগিয়ে গেল সেই গাছ টার দিকে তারপর দিল এক জোরে টান। আমার মুখের বারন মুখেই রয়ে গেল।

তারপর যা ঘটলো তা মুখে বর্ণনা করা যায়না। সঙ্গে সঙ্গে মনে হল পুরো পৃথিবীটা আবার দুলে উঠলো চারিদিকের সাধারন অতি সাধারন গাছ গুলোর মধ্যে দেখলাম কেমন একটা অদ্ভুত পরিবর্তন এসেছে।
আমি বুঝতে পারলাম না কি হল। সবাই অবাক। চারিদিকের পরিবেশ আচমকাই বদলে গেল।

প্রত্যেক টা গাছের পাতা এক সাথে দুলে উঠলো, উফ্ফ সে কি আওয়াজ। আর তার মধ্যেই যা দেখলাম তাতে আমি দুলে উঠলাম। আমার সমস্ত শিরা উপশিরা বিদ্রোহ করে উঠলো এক সাথে। আমি দেখলাম ড্রাইভার এর হাতে ধরা সেই গাছটি মনে হচ্ছিল জীবন্ত হয়ে গেছে, তার পাতা ধীরে ধীরে বড় হচ্ছে। চোখের নিমেষের মধ্যে সেই বিরাট পাতা

আর শিকড় ড্রাইভার কে আষ্টে পিষ্টে জড়িয়ে ধরতে লাগলো।

আমরা শুধু পুতুলের মতন দেখছিলাম। কারন আমাদের কারোরই নড়বার উপায় নেই। মনে হচ্ছিল কেউ আমাদের অবশ করে দিয়েছে।

তারপর সেই গাছের পাতা আচমকাই একটা গোটা মানুষ কে গপ করে গিলে নিল। আমি আর হরি শুধু দর্শকের মতন তাকিয়ে রইলাম। হঠাৎ করেই মাথার মধ্যে মাংসাশী গাছের কথা মনে পড়ে গেল। কিন্তু সেতো সম্পুর্ন গল্প। বাস্তবে পোকা খেকো গাছ আছে, কিন্তু মানুষ খেকো? এও কি সম্ভব??

আচমকাই দেখলাম গাছটা আমাদের দিকে ফিরল। মানুষের মতন করে শিকড়ের উপর ভর দিয়ে এগিয়ে আসতে লাগলো আমাদের দিকে। আমি ঠিক কি করবো কিছুই বুঝতে পারছিলাম না।

ধীরে ধীরে গাছ তার একটা ডাল প্রসারিত করলো হরির দিকে, তারপর সেই ডাল তার গলা ছুলো, ধীরে ধীরে তার গলাকে জাপটে ধরতে শুরু করলো। হরির মুখ ফ্যাকাসে। মুখ থেকে কোনও টুঁ শব্দ টুকুও নেই। আমি প্রান পনে নিজের ভিতর সমস্ত শক্তি আনার চেষ্টা করলাম, তারপর সমস্ত শক্তি কে একত্রিত করে সেই ডাল কে মারলাম সজোরে ঘুসি। তারপর কোনোরকমে পকেট থেকে সেই শিকড় বের করে ধরলাম ওর দিকে, কিন্তু কই? কিছুই তো হল না।

গাছ টা তেমনি ধীরে ধীরে এগিয়ে আসতে লাগলো আমার দিকে। তারপর ঘটলো সেই ঘটনা। কোথা থেকে আচমকাই একটা ঝড় এসে সমস্ত টা ওলট পালট করে দিল। কিন্তু ওদের শক্তি যে প্রবল। আমি আর হরি এই সুযোগে প্রানপনে দৌড়াতে শুরু করলাম, দৌড় দৌড়,......। মনে হচ্ছিল এই রাস্তা বুঝি কোনোদিন ও শেষ হবে না।

কিন্ত শেষ রক্ষা বোধ হয় আর হল না। সমস্ত অরন্য আজ আমাদের পিছনে ছুটছে মনে হল, হাতে পেলে আমাদের ছিঁড়ে খাবে। তাও প্রান পনে আমারা পালাচ্ছি। রাস্তা গুলিয়ে গেছে, কোনদিকে যাবো জানি না। তাও প্রান পনে দৌড়। জানি থামলেই মৃত্যু। মৃত্যু......।।

তারপর আর কিছু মনে নেই। যখন হুস এল আমার, আমি দেখলাম আমি আর হরি রাস্তার ধারে পড়ে আছি। চারপাশে অনেক লোক। তার মধ্যে একজন বোধ হয়

আমাদের চিন্তে পারলেন। এগিয়ে এসে আমার সামনে এসে দাঁড়ালেন। আমি মুখ তুলে দেখি সেই লোকটি, যে আমায় বার বার বারন করে ছিল।

তারপর তিনিই আমাদের হোটেলে পৌঁছে দিলেন। ফেরার পথে তিনি সমস্ত কোথা শুনলেন, কিন্তু বললেন না কিছুই। ইতিমধ্যে হরিও জেগে উঠেছে।
হোটেলে যখন ঢুকলাম তখন বাজে বিকেল ৪ টে।

হরির মাথায় কিছুটা কেটে গেছিল তাই আমি সেখানে ওষুধ লাগিয়ে দিচ্ছিলাম। হরি আমার পাশে বসে হঠাৎই একটা প্রশ্ন করে বসলো।
" দাদা বাবু আমাদের বাঁচাল কে??"

আমার কাছেও তখন কোনও উত্তর ছিল না এই প্রশ্নের। কিন্তু সেই দিন রাতেই তার উত্তর আমি পাই।

শরীরে চোট আঘাতের জন্য তাড়াতাড়ি খেয়ে শুয়ে পড়ি। কিন্তু মাঝ রাতে একটা খস খস শব্দ সুনে আমার ঘুম ভেঙ্গে যায়।

আমি বিছানায় উঠে বসি। আচমকাই চোখ চলে যায় টেবিলে। মনে হচ্ছিল কিছু একটা হচ্ছে টেবিলে। আমি ভয়ে ভয়ে ধীর পায়ে উঠে এগিয়ে গেলাম সেই দিকে।

দেখলাম একটা পাতার উপর পেন দিয়ে কিছু একটা লেখা। নাইট লাম্পের আলোয় বুঝতে পারলাম না। টর্চ জ্বালিয়ে দেখতেই শরীর হিম হয়ে গেল। দেখলাম লেখা আছে " তুমি লোভ সম্বরন করেছো লেখক। তুমি জিতে গেছ...।।"

আমার বুঝতে একটু ও ভুল হল না পুরো ব্যাপার টা ঠিক কি হয়েছিল?...।।

তার মানে কামিনী,,,,,,,,,,।

* 9 7 9 8 8 8 7 7 2 4 1 3 3 *
FCW - #0256 - 061026 - C0 - 216/140/4 - PB - 9798887724133 - Gloss Lamination